향적사를 찾아가다
過香積寺

향적사 어딘지 알지 못하여
구름 봉우리 속으로 몇 리나 들어간다
고목 우거져 사람 다니는 길 없건만
깊은 산 속 어딘가의 종소리
샘물 소리 가파른 바위에서 흐느끼고
햇살은 푸른 소나무를 차갑게 비치고 있네
해질녘 고요한 연못 굽이에 앉아
편안히 참선하며 잡념을 걷어 낸다네

不知香積寺　數里入雲峰
古木無人徑　深山何處鍾
泉聲咽危石　日色冷青松
薄暮空潭曲　安禪制毒龍

無影劍傳
무영검전

무영검천 5(完)
한성재 新무협 판타지 소설

초판 1쇄 찍은 날 § 2006년 6월 17일
초판 1쇄 펴낸 날 § 2006년 6월 27일

지은이 § 한성재
펴낸이 § 서경석

편집장 § 문혜영
편집책임 § 이재권

펴낸곳 § 도서출판 청어람
등록번호 § 제1081-1-89호
등록일자 § 1999. 5. 31
어람번호 § 제2-0938호

주소 § 경기도 부천시 원미구 심곡1동 350-1 남성B/D 3F (우) 420-011
전화 § 032-656-4452 팩스 § 032-656-4453
http://www.chungeoram.com
E-mail § eoram99@chollian.net

ⓒ 한성재, 2006

ISBN 89-251-0171-8 04810
ISBN 89-5831-947-X (세트)

※ 파본은 본사나 구입하신 서점에서 교환하여 드립니다.
※ 저자와 협의하여 인지를 붙이지 않습니다.

無影劍傳 무영검전

Fantastic Oriental Heroes
한성재 新무협 판타지 소설

5
완결

도서출판 청어람

| 목차 |

제42장 일촉즉발 _7
제43장 정사대전의 시작 _41
제44장 반전 _73
제45장 형제 _107
제46장 종착 _141
제47장 끝맺음 _169
제48장 싸움 _195
제49장 삶과 죽음의 경계선 _225
제50장 또 다른 시작 _255
종장 _281
작가후기 _283

제42장
일촉즉발

일촉즉발

"흑… 흑!"

소화는 겁에 질린 표정으로 하염없이 눈물을 흘리고 있었다.

"울지 마."

일랑은 살기 어린 표정으로 중얼거렸다. 그는 의자에 앉은 채 소화를 내려보고 있었다.

"후우."

문득 한숨이 흘러나왔다. 앞으로 흘러내린 머리카락을 뒤로 쓸어 넘기며 고개를 내저었다.

"꼬이는군."

소화에게서 적의 이야기를 막 들은 참이었다. 심각한 기류는 옆에 도열해 있는 공우나 소요, 운비에게도 드리우고 있었다.

"제길."

운비는 나지막이 중얼거렸다.

"다른 수가 있나?"

일랑은 운비를 바라보며 물었다. 운비는 가볍게 한숨을 내쉬며 자신이 생각하고 있는 바를 이야기했다.

"늦게나마 진행은 계속될 겁니다. 시간이 좀 늦어지기는 하겠지만 말입니다."

마니교가 무너진 이상 사도련에서는 주춤거릴 수밖에 없었다. 하지만 무림맹은?

그들에게 있어서 세력의 균형이 무너진 것은 기회였다. 지금쯤이면 정보가 들어갔을 것이고 곧 출병할 것이다.

다만 문제는.

"싱겁게 끝나면 안 됩니다."

"크음……."

일랑은 침음성을 삼켰다.

본래의 생각은 비슷한 세력을 가진 무림맹과 사도련이 서로간에 극도의 피해를 입는 것이다.

"명교를 끌어들이는 방법은?"

일랑의 말에 운비는 눈살을 찌푸렸다.

"명교는 황제 쪽이 맡도록 되어 있지 않습니까? 더욱이 명교는 너무 강합니다. 균형이 깨지는 것은 당연지사지요."

"크흠……."

이리저리 해도 쉽사리 되는 것이 없었다.

자그만 돌발 변수 하나가 일을 여기까지 어그러뜨렸다.

"저 멍청한 것 때문에……."

새삼 화가 나는지 일랑이 소화를 바라보며 중얼거렸다.

"죄, 죄송합니다……."

소화는 고개를 떨구며 눈물을 흘렸다. 보다 못한 운비가 앞으로 나서며 일랑을 말렸다.
"저 아이는 어쩔 수 없었지 않습니까?"
따지고 보면 맞는 말이었다.
그렇게까지 말하자 일랑도 더 이상 뭐라 하지는 못했다.
요 근래에 들어왔기에 아무것도 몰랐을뿐더러 안다 한들 막을 방도가 없었을 테니까.
운비는 잠시 턱가를 만지며 고심하다 말문을 열었다.
"어쩔 수 없습니다, 저희 쪽에서 조금 힘을 실어주는 방법밖에는."
일랑은 고개를 끄덕였다.
아무리 생각해도 그 방도밖에는 생각이 나질 않았다.
"너에게 맡기마."
"예."
운비는 고개를 끄덕였다. 일랑은 공우와 소요에게 시선을 주었다.
"무영은?"
"현재로서는 알 수 없습니다."
"크흠."
일랑은 침음성을 삼켰다. 그간 무영과 소령의 행적을 알 수 있었던 것은 적의 존재 때문이었다.
그가 무영과 소령을 은밀히 뒤따르며 정보를 전해왔었지만 이제는 없지 않은가.
"알 수 없다고 넋 놓고 있을 수만은 없지."
"수소문해 보겠습니다."
일랑은 고개를 끄덕였다. 그리고 소요에게 시선을 주었다.
"너는 무영을 찾아보도록."

"예."

소요가 고개를 끄덕이자 일랑은 공우에게 시선을 주었다.

"너는 황군을 돕도록 해라."

"황군을 말입니까?"

공우는 고개를 갸웃거렸다. 일랑은 턱가를 매만지며 말했다.

"혹시라도 명교에게 패하면 안 되니까."

"알겠습니다."

공우는 일랑의 명을 받들었다. 그 모습을 바라보던 소요가 문득 일랑에게 물어왔다.

"무영을 발견할 경우, 기회가 되면 칩니까?"

일랑은 인상을 찌푸렸다.

"할 수나 있나?"

"……."

소요의 얼굴이 붉어졌다. 하지만 그것은 사실이었다. 기회를 잡는다 한들 실력이 되지 않는다.

일랑은 손을 가볍게 내저었다.

"쓸데없는 생각 하지 말고 시킨 일이나 해."

"예."

소요는 머쓱한 얼굴로 명을 받들었다. 일랑은 잠시 주위를 살피다가 눈살을 찌푸리며 짜증스런 말투로 물었다.

"무현은?"

때마침 대전 안으로 무현이 걸어 들어왔다. 일랑은 인상을 구겼다.

"또 늦었군."

"잠시 할 일이 있어서."

무현은 딱딱하게 굳은 얼굴로 말했다. 일랑은 눈을 부라렸다. 하지만 여기서 언쟁을 벌일 수는 없었다.

"앞의 이야기는 소요에게 듣도록 하고. 너에게는 황도 쪽에 일을 주겠다."

"황도?"

무현은 고개를 갸웃거렸다. 지금 황도에 갈 이유가 무엇인가.

"장거정인가 뭔가 하는 놈을 죽여."

"죽이라니?"

무현은 잠시 이해가 가지 않는다는 표정이었다. 일랑은 히죽 웃었다.

"융통성이 없는 녀석이야. 거추장스러워질 수도 있어."

일랑의 말은 타당성이 있었다. 장거정이 자신을 도와준 이유는 두 가지였다.

불로불사의 수명. 또 한 가지는 이 나라의 개혁이었다.

그간 많은 개혁을 추진해 왔고 적지 않은 소득도 있었지만 사람의 욕심이란 것이 그렇다. 한 가지를 이루면 그 이상의 것을 원한다.

"기본적으로 그는 우리보다는 나라가 먼저거든."

"그렇군. 알겠어."

무현이 고개를 끄덕였다. 일랑은 가볍게 한숨을 내쉬었다.

"방법은?"

"자연사로 위장하는 것이 낫겠지."

무형은 고개를 끄덕였다.

"유하를 보내면 되겠군."

일랑은 고개를 끄덕였다. 세부적인 것까지 지시를 내릴 필요는 없었기 때문이다.

"네 재량껏 하도록."

"알겠다."

"그리고 황제도 좀 감시하도록 하고. 믿을 수 없는 놈이야."
"아아, 그러도록 하지."
무현은 수긍하는 표정으로 고개를 끄덕였다. 일랑은 가볍게 한숨을 내쉬며 주위를 살폈다.
"모두 물러가도록."
그 말과 동시에 방금 전까지 사람들로 들어차 있던 대전이 순식간에 텅 비었다.
"어, 어라?"
아니, 딱 한 명이 남아 있었다.
소화는 멍한 얼굴로 주위를 살폈다.
"여, 여보세요? 아무도 없어요?"
눈물이 왈칵 솟았다.
그녀는 무공을 모른다.

퉁! 퉁!
대로를 걷던 무영은 가볍게 한숨을 내쉬었다.
"거슬려."
무영의 중얼거림에 옆에서 걷고 있던 소령과 감미란이 고개를 갸웃거렸다.
"영아, 뭐가?"
소령의 물음에 무영은 뒤를 돌아보며 말했다.
"저 강시 말이야."
"아아……."
감미란은 고개를 끄덕였다. 지금의 문제는 바로 이것이었다.
"왜 자꾸 따라오는 거야?"

무영의 투덜거림에 소령과 감미란은 고개를 설레설레 내저었다. 약강에서 마주친 강시.

염무학의 안배에 따라 만들어진 일천 구의 강시들 중 하나였다.

"안배고 뭐고 귀찮아 죽겠어."

그 점에 있어서는 소령과 감미란, 두 여인도 수긍할 수밖에 없었다. 강시가 뒤따르니 마음 놓고 마을에 들어갈 수가 없다.

게다가 어떠한 짓을 해도 떨어지려 하지 않는다. 몇 번, 참지 못한 무영이 길길이 날뛰었지만 그래 봤자 결국에는 죽은 시체.

목석에다 대고 소리 지르는 격밖에 되질 않았다.

그나마 다행인 점은 강시가 소령의 뒤를 졸졸 따른다는 점이었다. 아마도 그녀가 가지고 있는 염무학의 종 때문인 듯싶었다.

"아!"

문득 소령이 걸음을 멈추더니 무영을 바라보았다.

"쟤 좀 잡아놔."

"왜?"

무영의 다그침에 소령의 얼굴이 살짝 붉어졌다.

"…볼일 보게."

"쓰읍……."

잠시 혼잣말로 투덜거리던 무영이 강시에게 다가가 붙잡았다. 녀석은 소령의 뒤만을 졸졸 따랐기 때문이다.

몇 번이고 '어차피 시체잖아!' 라고 해봤지만 그래도 부끄럽다며 항변하는 바람에 이 꼴이었다.

"미안."

소령은 사과를 하며 풀숲 쪽으로 걸어 들어갔다. 순간 강시의 몸이 들썩였다. 그녀의 뒤를 따르려는 것이다.

"젠장할!"

무영은 강시의 허리를 붙잡은 채 천근추의 수법으로 몸을 무겁게 했다.

들썩! 들썩!

하지만 어찌나 힘이 센지 무영의 몸이 이리저리 흔들렸다. 옆에서 그 모습을 보고 있던 감미란은 한숨을 내쉬었다.

"고생하는구나?"

"말시키지 말고 와서 잡아."

무영의 닦달에 감미란도 강시의 몸을 부여잡았다.

잠시 후 소령이 돌아온 후에야 강시와 무영 간의 실랑이가 멈출 수 있었다.

"늦어."

무영의 책망에 소령이 얼굴을 붉혔다.

"칫."

콧방귀를 뀌며 투덜거렸지만 자신도 부끄러운지 별말은 하지 않았다. 그 모습을 바라보던 감미란은 어색함을 피하기 위해 화제를 돌렸다.

"그건 그렇고 우리 어디에 가는 거니?"

"글쎄."

무영은 가볍게 한숨을 내쉬며 중얼거렸다. 무책임한 말에 감미란의 안색이 찌푸려졌다.

"글쎄라니……."

"나한테 물어봤자."

무영은 고개를 내저었다.

맞는 말이었다. 지금으로서는 어디로 가야 할지 감이 잡히질 않았다. 뭘 알아야 움직여도 움직일 것이 아닌가.

그때였다.

"뭐지?"

갑작스런 소령의 말에 무영은 흐트러진 머리를 대만지며 입을 열었다.

"많아 보이지?"

"응."

소령은 고개를 끄덕였다. 그런 모습에 감미란만이 의아한 표정으로 물어왔다.

"무슨 소리니?"

"인기척이에요."

소령의 대답에 무영은 팔짱을 끼며 덧붙였다.

"그것은 엄청난 수의."

그 말이 끝났을 무렵이었다.

감미란의 귀에도 희미하게나마 왁자지껄한 소리가 들려왔다. 세 사람의 시선이 한쪽으로 쏠렸다.

"나도 들었어."

감미란의 말에 무영이 말했다.

"가보자."

감미란과 소령은 고개를 끄덕이며 걸음을 옮겼다.

짤랑.

소령이 움직일 때마다 들리는 종소리에 강시가 통통거리며 뒤따랐다.

거리가 가까워질수록 왁자지껄한 소리가 점점 커졌다. 이윽고 풀숲을 헤치니 상당한 규모의 진지가 보였다.

"어디냐?"

무영의 의문은 곧 밝혀졌다. 진지 정중앙에 곤륜이란 글씨가 새겨진 깃발이 보였기 때문이다.
"곤륜? 곤륜파를 말하는 건가?"
무영의 중얼거림에 소령이 고개를 끄덕였다.
"그런 것 같아."
"흐음……."
무영은 침음성을 삼키며 턱가를 매만졌다. 곤륜파라면 정파무림 연합인 무림맹 소속으로 구파일방 중 한곳이었다.
"그나마 곤륜파가 사도련이랑 가장 가까이 붙어 있는 대문파니까."
소령의 말에 무영은 이해가 되질 않는다는 표정이었다. 곤륜파가 명문대파인 것은 인정한다. 그렇다고 하더라도 이상하지 않은가.
"혼자잖아?"
"다른 문파들이 합류하지 않겠어?"
무영은 그제야 수긍한 표정이었다. 당연히 그러리라 생각했다.
하지만 위험한 것은 사실이었다. 사도련에서 언제 들이닥칠지 모르기 때문이다.
소령은 그런 무영의 마음을 읽었는지 앞서 말했다.
"아직까지는 괜찮을 거야."
"응?"
"우리로 인해 마니교가 엄청난 타격을 입었잖아. 내 생각에는 무림맹에서 선수를 칠 생각인 것 같아."
그 점에 있어서는 수긍했다. 무영 자신이 무림맹주라도 그럴 것이다. 허점을 보인 상대이기 때문이다.
"아마 사도련 내부도 극히 혼란스러운 상황일 거야."
"그렇겠지."
무영은 고개를 끄덕였다.

그리고 그 시각, 무영과 소령의 예상대로 사도련주 철사정은 안절부절 못하고 있었다.
"제길, 제길, 제길!"
"련주님……."
연신 욕설을 내뱉는 철사정의 모습에 총관은 흙빛이 된 얼굴로 말을 주저하고 있었다.
어떻게 해야 할지 감이 잡히지 않았다.
"아무리 생각해도 이해가 가지 않아. 어떻게 마니교가 무너질 수 있다는 말인가?"
그것도 단 하루 만이었다.
며칠 전 보고를 받았을 때는 믿지 않았다.
솔직히 말해서 너무 허황된 이야기가 아닌가. 이 세상 누구라도 마니교 정도 되는 무가를 단 하루 만에 멸문에 가깝도록 무너뜨리는 것은 불가능하다.
"말이 안 되는 이야기뿐이야."
들어온 보고에 의하면 흉수는 두 명.
이래저래 철사정의 고민이 그 깊이를 더해갈 무렵이었다.
스슥!
갑자기 허공에서 검은 복면을 한 사내가 나타나더니 바닥에 내려앉았다. 그리고 간단히 예를 표시한 후 품에서 서첩을 꺼내 건넸다.
철사정은 서첩을 받아 안의 내용을 읽다가 눈을 부릅떴다.
"뭣이? 곤륜파가 움직여?"
검은 복면인은 가볍게 읍하며 대답했다.
"신강성 남부 오백 리 지점에 진지를 구축하고 있습니다."
"크음……."

"현재 무림맹에서 대대적인 군사적 움직임이 포착되고 있는 바 조급한 대응이 사료됩니다."

복면인의 보고에 듣고 있던 총관이 다급한 눈빛으로 철사정을 바라보았다. 어떻게 하면 좋겠냐는 물음이었다.

잠시 고심하던 철사정은 뜨고 있던 눈을 감았다.

"생각하고 말고 할 시간이 없군."

마니교로 인해 둘 간의 세력적 균형이 깨졌다. 불리한 것은 사실이다. 하지만 세상일이란 어떠한 변수가 있을지 알 수 없는 것.

"싸운다."

더욱이 피할 수도 없는 입장이다. 갈 곳도 없다.

이곳은 중원의 끝이었다. 여기서 밀린다는 것은 집을 잃는다는 것과 같은 망이었다.

철사정은 주먹을 말아 쥐었다.

무영은 천천히 진지 쪽을 향해 한 걸음 내디뎠다. 그런 모습에 소령과 감미란이 놀란 표정으로 물었다.

"뭘 하려고?"

"글쎄, 한번 내부의 상황을 알아봐야지. 또 현재 일이 어떻게 돌아가고 있는지도."

"그렇지만……."

감미란은 걱정스런 표정이었다. 그런 모습에 무영은 자조적인 미소를 지으며 자신의 가슴을 탕탕 쳤다.

"날 어찌할 수 없어. 알고 있잖아?"

"그렇기는 해도."

"소령아, 너는 모두를 데리고 있어."

무영은 짐짓 소령에게 시선을 주며 말했다.

"같이 가."

소령의 말에 무영은 입술을 삐죽이며 뒤에 목석처럼 서 있는 강시를 가리켰다.

"저놈을 데리고?"

"아……."

그제야 소령은 선선히 수긍했다.

"너무 늦지 않도록 해."

"그래."

무영은 고개를 끄덕이며 몸을 날렸다.

삭!

진지 외곽에 소리없이 내려앉은 무영은 기척을 죽인 채 주위를 살폈다.

이내 유독 큰 규모를 자랑하는 막사가 보였다. 아마도 저곳이 가장 높은 자가 머물고 있는 거처일 것이다.

문제는 위치였다. 진지의 정중앙이다.

'골치 아프군.'

무영은 가볍게 한숨을 내쉬며 다시금 몸을 발걸음에 속도를 붙였다.

쉬익!

때마침 걸어나오던 곤륜파의 무사 한 명이 갑작스런 거친 바람에 눈을 끔벅였다.

"뭐, 뭐야?"

하지만 너무도 빠른 무영의 신형을 발견하지는 못했다. 그는 잠시 머리를 긁적이더니 제 갈 길을 갔다.

무영은 몸의 모든 감각을 개방시켜 막사 안쪽으로 집중시켰다. 다행히

한 명의 인기척만이 느껴졌다.

'다행이군.'

무영은 안도의 미소를 흘리며 막사 안쪽으로 몸을 밀어 넣었다.

"음?"

막사 안의 의자에 앉아 있던 청수한 인상의 노인은 펄럭이고 있는 막사 입구를 바라보았다.

"바람인가?"

노인은 별거 아니라고 생각했는지 다시금 들고 있던 죽간 쪽으로 시선을 집중했다.

'다행히 들키지는 않은 것 같군.'

막사의 천장에 몸을 찰싹 붙인 무영은 내심 안도했다. 그리고 노인이 들고 있는 죽간을 향해 안력을 돋구다가 눈살을 찌푸렸다.

머리가 죽간의 반 이상을 가리고 있었기 때문이다.

무영이 이러지도 저러지도 못한 채 속만 썩일 무렵이었다.

바깥에서 인기척이 느껴지더니 곧 안쪽을 향해 목소리가 들려왔다.

"들어가도 되겠습니까?"

'제길.'

순간 무영은 속으로 욕설을 내뱉었다. 들어오면서 고개를 든다면 무영과 눈이 마주칠 수도 있었다.

'제발 날 보지 않기를.'

보게 된다면 골치 아파진다. 무영은 조심스럽게 침을 삼켰다. 그와 동시에 막사 입구에 드리워진 척을 들추며 한 사내가 들어왔다. 덥수룩한 수염을 기른 중년 사내였다.

'고개 들지 마.'

무영은 다시 한 번 간절하게 빌었다.

그런 무영의 마음이 닿은 것일까. 다행히 들어온 중년 사내는 천장 쪽을 바라보지 않았다.

'하아, 힘이 쭉 빠지는군.'

긴장을 한 탓인지 식은땀이 났다. 하지만 또 문제가 생겼다.

이마에 솟은 식은땀이 이마를 타고 흘러내리더니 코끝에 맺혔다. 이대로라면 땀방울이 떨어진다.

더욱이 무영의 바로 밑에는 중년 사내가 서 있었다.

땀방울이 떨어질 경우 중년 사내의 윗머리 정중앙에 닿을 것이다.

'젠장할!'

무영의 눈이 질끈 감겨졌다. 그와 동시에 코끝에 맺혀 있던 땀 한 방울이 떨어졌다.

"이리로 와보게."

"예."

천운이랄까. 노인의 부름에 중년 사내가 앞으로 두 걸음을 걸어나갔다. 그와 동시에 땀방울이 중년 사내의 몸을 지나쳐 바닥을 적셨다.

'휴우.'

하마터면 한숨이 입 밖으로 나올 뻔했다. 목 뒷줄기가 서늘해졌다. 하지만 그것도 잠시, 둘의 대화에 집중했다.

"상대측의 움직임은 없나?"

"예, 아직은 없습니다. 하지만 그것도 잠시라고 생각합니다. 사도련에서 모를 리가 없으니까요."

중년 사내의 대답에 노인은 고개를 끄덕였다.

그는 바로 곤륜파의 장문인인 도엽이었다. 그리고 앞에 서 있는 이는 대제자인 일청이었다.

"그건 그렇고 무림맹에서는 연락이 있었는가?"

도엽의 물음에 일청이 곧바로 대답했다.

"일단 이곳에서 제일 가까운 사천 쪽 무가들이 출발했다 합니다. 지금쯤 청해성을 지나 거진 다 도달했을 것입니다."

"그렇군. 본대는?"

"무림맹의 본대는 대략 사흘에서 나흘쯤 걸릴 듯싶습니다."

도엽의 안색이 어두워졌다.

"늦는군."

"거리가 머니 어쩔 수 없지 않습니까?"

"그건 그렇고, 일련의 강시들이 갑자기 행방을 감췄다고?"

도엽의 물음에 일청이 고개를 끄덕였다. 하지만 의아한 표정이 역력했다. 갑자기 연기처럼 사라졌다.

"그 점에 있어서는 아직 확실히 파악된 것이 없습니다."

"크음……."

침음성을 흘렸다. 그 같은 괴물들이 어디서 왔는지를 모르겠다.

이성이 없는 강시들이니 필시 조종하는 자가 있을 것이다. 하지만 조종하는 자가 무슨 의도를 갖고 있는지 모르겠다.

지금으로서 가장 확실한 것은 사도련이다. 하지만 그 점에 있어서 도엽의 생각은 조금 달랐다.

뭐랄까, 왠지 조직적이지가 않다. 허술한 느낌이 강했다. 사도련 정도 되는 조직에서 행한 일치고는 말이다.

더욱이 곤륜파는 사도련이 모여 있는 신강과 가장 가까이 붙어 있는 청해에 위치하고 있다. 그러다 보니 사도련이나 명교에 관한 정보는 그 누구보다 정확하고 신속하게 알 수 있다.

도엽은 사도련 역시 강시들에게 공격을 받았다는 정보를 들었다.

"무언가 있어."

하지만 도엽 자신만의 생각일 뿐이다.
그 모습을 바라보던 무영의 표정이 차가워졌다.

소령과 감미란은 돌아온 무영을 반겼다.
"어땠니?"
소령의 물음에 무영은 표정을 찡그리며 말했다.
"별다를 것 없었어. 아, 피곤하다."
무영은 자리에 털썩 주저앉았다. 소령은 마주 쪼그리고 앉았다.
"뭐 해?"
"뭘?"
"안 가?"
"잠시 동안 이곳에서 상황을 볼 거야."
소령은 고개를 갸웃거렸다.
"그렇게 알고 있어."
무영은 말을 끝내고는 귀찮았는지 자리에 눕더니 몸을 돌렸다. 그런 모습에 소령은 뾰로통한 표정으로 혀를 삐쭉 내밀었다.
"정말 자기 멋대로라니까."
하지만 무영은 대답하지 않았다.
그렇게 사흘의 시간이 지났을 무렵이다.
사천성 내에 자리잡은 무림맹 소속 무가들이 속속들이 도착하기 시작했다.
맨 처음은 청성파였고, 뒤를 이어 아미와 당문, 그리고 십여 개의 중소 무가들이 각각의 문도들을 이끌고 도착했다.
"휘유… 상당한 규모군."
무영은 진심으로 감탄한 표정을 지었다. 사실 무영은 무림에 대해서

아는 것이 별로 없다.

'나야 명교밖에 모르지. 그것도 예전의…….'

명교만큼은 정말이지 대단하다. 문도의 수가 자그만치 십오만이며 전투에 동원 가능한 숫자는 사만 오천에 이른다. 그것도 본교에 한해서다. 각 지역에 퍼져 있는 지부의 인원까지 모두 합산한다면 어림잡아도 육만 가까이 될 것이다.

솔직히 무영은 명교가 특이할 뿐이라 생각했다.

그럴 만도 한 것이 명교는 엄연히 따지면 종교 단체이기 때문이다. 그것도 긴 역사를 자랑하는.

그래서 명교를 제외한 다른 곳들은 솔직히 어느 정도 얕잡아보는 마음도 없지 않아 있었다.

아무리 위세가 대단하다고는 하나 일 개의 문파일 뿐이라 생각했기 때문이다. 그런데 그게 아니었다. 가장 하찮은 중소무가들도 최소 일백이 훨씬 넘는 군세를 이끌고 있었다.

정확한 총 수는 모르겠으나 대략 보아도 일만은 되어 보였다. 아직 본대가 도착하지 않았음에도 이 정도라니.

'일랑이 무림을 위협적으로 생각하는 것도 이해가 가는군.'

더욱이 이들 개개인의 무력은 황군에 비해 훨씬 월등하다. 무림 쪽에서 계략만 제대로 짠다면 황제 쪽에 제법 큰 타격을 줄 수도 있을 것이다.

"사도련 쪽은 아직 움직임이 없나?"

무영은 나지막이 중얼거렸다. 그 모습을 바라보던 감미란의 얼굴에 초조한 기색이 서렸다.

"소령이는 왜 이렇게 안 오지?"

사도련 쪽의 정세를 살피기 위해 보낸 소령이 아직까지 돌아오지 않았다. 하지만 무영은 여유로웠다.
"걱정할 필요 없어. 곧 올 거야."
"그렇지만······."
"괜찮아. 소령이를 믿어."
무영은 평온한 얼굴로 말했다.
그렇게 얼마나 시간이 지났을까. 소령이 돌아왔다. 무영은 소령에게 다가가며 말문을 열었다.
"사도련은?"
단도직입적인 말에 소령의 눈살이 찌푸려졌다.
"곧 도착할 거야. 그건 그렇고, 넌 잘 다녀왔냐는 말도 없니?"
"잘 다녀왔을 것이 뻔하니까."
무영은 간단하게 대답했다.
생각 같아서는 '멋대가리없는 놈!'이라고 소리쳐 주고 싶었지만 그럴 상황이 아니라는 것을 안다. 또한 무영의 말이 정답이었다.
소령은 피식 웃어줄 수밖에 없었다.
소령은 바닥에 주저앉으며 나무 쪽을 바라보았다. 강시가 쇠사슬로 묶여 제자리에서 폴짝폴짝 뛰고 있었다. 사도련 쪽의 상황을 보러 가기 위해 취한 어쩔 수 없는 조치였다.
"잘 있었니, 요롱아?"
소령의 인사에 옆에서 듣고 있던 무영의 얼굴이 일그러졌다.
"아무리 생각해도 요롱이는 개 이름이야."
"어마? 요롱이가 뭐가 어때서?"
무영의 투덜거림에 소령은 눈을 동그랗게 뜨며 반문했다.
"저놈을 봐라. 요롱이란 이름이 가당키나 하니?"
소령은 물끄러미 강시의 얼굴을 뜯어보았다. 핏기라고는 찾아볼 수 없는 퍼런 피부에 흉악한 얼굴.

"이, 이미 지어버렸는걸?"

"말을 더듬는 이유는?"

"상관하지 마."

불리하다고 생각했는지 소령이 빽 소리를 질렀다. 무영은 고개를 설레설레 저으며 화제를 돌렸다. 이런 쓸모없는 이야기를 할 때가 아니지 않은가.

"그건 그렇고, 사도련의 움직임은? 곧 도착할 거란 성의없는 대답 말고 좀 제대로 말해봐."

그제야 소령 역시 자뭇 심각한 표정으로 말문을 열었다.

"하루면 도착할 거야."

"하루라……."

무영은 말끝을 흐렸다. 도착한다 하더라도 곧장 싸움을 시작하지는 않을 것이다.

진지를 짜고 이것저것 준비를 해야 할 테니까. 무림맹 쪽에서 먼저 선공을 가하면 모르겠지만.

하지만 그럴 가능성은 낮다. 일단 무림맹은 본대가 도착하지 않았다.

"사도련 쪽의 군세는?"

"일단 선발대가 일만 이천 정도. 본진은 아직 모르겠어. 언제 도착할지도 모르겠고. 거기까지는 가보지 못했거든."

"일만 이천이라."

무림맹 사천지부 무가연합의 군세는 총 일만.

수적으로는 사도련 쪽이 유리하지만 그렇다고 확실한 승리를 장담할 수는 없는 차이다.

"무림맹이나 사도련의 본진이 얼마나 되는지가 관건이로군."

그간 무영의 이야기를 조용히 듣고 있던 감미란이 말문을 열었다.
"아마 비슷할 거야."
"음?"
무영과 소령이 시선이 동시에 감미란 쪽으로 향했다.
"당연하잖아? 마니교는 불참했으니까."
"아, 그렇군!"
소령은 수긍하며 고개를 끄덕였다. 그것은 무영 역시 마찬가지였다.
"확실한 것은 아니지만 대략 합쳐서 오만 정도로 알고 있어. 그중 마니교가 대략 육천 정도였으니까."
"사만 사천 정도군. 현재 이곳으로 오고 있는 일만 이천을 빼면 삼만 이천……."
"정말 많다."
소령의 말에 무영은 고개를 끄덕였다.
"문파들 간의 싸움 수준을 벗어났군."
"정사대전 때도 대단했지."
"그 몇십 년 전에 있었다던?"
"응."
소령은 고개를 끄덕였다.
"우연찮게 싸움터를 지나치게 돼서 말이야. 구경 좀 했지."
"호오."
무영은 감탄성을 터뜨렸다. 하지만 감미란의 얼굴에는 경외심이 묻어 나오고 있었다.
일차 정사대전은 자신이 태어나기 전에 일어났던 일이다.
현재 명교에서 그 당시에 참전했던 이들 중 아직까지 살아 있는 자들은 극소수였다. 그만큼 많은 시간이 지났다.

"그 현장을 직접 본 거니?"

"뭐… 그렇지요."

"대단하다."

감미란은 진정으로 감탄성을 터뜨렸다. 소령은 놀랄 것 없다는 표정으로 무영을 가리켰다.

"얘는 천마도 봤었는데요? 그렇지? 네가 예전에 그 말 한 적 있잖아."

소령의 말에 감미란의 두 눈이 크게 치켜떠졌다.

"천마? 설마 천마종사님을 말하는 거니?"

무영은 눈살을 찌푸리며 소령을 바라보았다.

"왜 쓸데없는 말을 하고 난리야?"

"진짜니?"

감미란은 무영을 잡아먹을 듯한 표정으로 물었다. 그녀 입장에서는 당연히 그럴 만도 했다.

천마가 누구던가. 바로 명교를 세운 시조이자 전설의 초고수였다. 하지만 그녀의 생각은 곧바로 이어진 소령의 말로 인해 무참히 깨졌다.

"어줍잖게 검강을 시전하다가 쓰러진 멍청이라며?"

"쿨럭."

감미란이 헛기침을 토했다.

"전군, 정지."

대장군 황보경천의 말에 뒤따르던 팔만 황군이 일시에 정지했다.

황보경천은 넓게 펼쳐진 사막을 바라보며 안색을 찡그렸다.

"골치 아프군."

사막은 행군하기에 최악의 환경이다. 그럴 수밖에 없다. 낮에는 찌는 듯한 더위, 하지만 밤에는 뼛속까지 시릴 정도의 한기가 공존한다. 더욱이 물을 구하기에도 쉽지 않다.

만력제의 어명을 받아 명교를 징벌하기 위해 출진했다. 길고 지루한 행군 끝에 드디어 신강에 도착했다.

산 넘어 산이라는 표현은 이곳에 딱 알맞은 말이었다.

"대장군."

그때 들려온 소리에 황보경천이 고개를 돌려보니 부관인 녹장아였다.

"무슨 일인가?"

"해가 저물고 있습니다. 오늘은 이곳에서 쉬어야 할 것 같습니다."

"그런가?"

황보경천이 고개를 돌려 보니 과연 해가 저 멀리 보이는 모래언덕에 반쯤 걸쳐져 있었다.

"자네 말대로 하지. 오늘은 이쯤에서 쉬자고."

"예, 그렇게 하명하겠습니다."

"그래."

고개를 끄덕이는 황보경천의 얼굴은 밝지 않았다. 그렇게 얼마 지나지 않아 제일 먼저 대장군의 처소인 임시 천막이 쳐졌다.

황보경천은 안으로 들어가자마자 여러 무장들을 불러들이고 회의를 시작했다.

"이곳에서 사막을 경험한 자가 있는가?"

"……."

"부끄러운 이야기지만 나는 사막을 처음 경험해 보네. 그래서 하는 이야기야."

황보경천이 이렇게까지 말했음에도 좌중은 썰렁했다. 모두들 꿀 먹은 벙어리마냥 서로를 힐끗거리며 눈치 보기 바빴다.

'아무도 없나 보군.'

내심 생각하던 황보경천은 막막한 마음에 한숨을 내쉬었다.

그때였다.

"쯧쯧쯧."

갑작스레 들려온 혀 차는 소리에 황보경천을 비롯한 막사 내 모든 무관들의 시선이 입구 쪽으로 향했다.

그곳에는 한 사내가 서 있었다.

황보경천의 눈이 부릅떠졌다. 언제 이곳에 들어왔는가.

그 누구도 알아채지 못했다.

창!

부관인 녹장아가 검을 빼 들며 외쳤다.

"네놈은 뭐냐! 정체를 밝혀라!"

그와 동시에 나머지 무관들 역시 검을 빼 들며 순식간에 사내를 둘러쌌다. 하지만 사내의 표정은 여유롭기만 했다.

"도대체 바깥의 경비는 어찌 된 건가?"

황보경천의 호통에 녹장아가 재빨리 천을 걷어 바깥을 살폈다.

멀쩡히 서 있던 경비는 녹장아를 보며 눈을 깜박였다.

"무슨 일 있으십니까?"

영문을 모르겠다는 어조.

녹장아는 그들에게 엄벌을 내리기보다는 무언가 심상치 않다는 느낌을 받았다. 천으로 드리워진 입구를 통하지 않고는 안으로 절대 들어올 수 없다.

근데 이 정체를 알 수 없는 사내는 유유히, 자신들이 느끼지도 못하는 사이에 안으로 들어왔다. 본래부터 있었던 사람처럼 말이다.

"그대는 뭐지?"

녹장아의 물음에 사내는 팔짱을 끼며 말했다.

"뭐라고 하면 좋을까. 그래, 지원군이 좋겠군."
"허어! 지원군?"
무관 중 한 명이 허탈한 표정으로 말했다. 하지만 사내는 개의치 않은 표정으로 황보경천을 바라보다가 자신의 허리춤을 가리켰다.
"이 검이 무엇인지는 알겠지?"
"검?"
황보경천은 사내의 허리춤에 걸린 검을 바라보다가 눈을 부릅떴다.
"그, 그것은……!"
가만 보니 자신의 허리춤에 달린 검과 똑같았다. 출진하기 전 만력제에게 하사 받은 어검.
사내의 입꼬리가 말려 올라갔다.
"그리고 또 한 가지가 있어. 잠시만."
공우는 소매에서 죽간을 꺼내 펼쳤다.
"어명이다."
순간 막사 안의 모든 이들이 무릎을 꿇었다. 사내는 그 모습을 바라보며 천천히 죽간 안에 적힌 내용을 읊었다.
"현 시간 부로 황보경천을 직위 해제한다."
쿵!
일순간에 막사 안은 적막감에 휩싸였다. 모두들 아무런 소리도 하지 못하고 있는 가운데 사내의 말이 이어졌다.
"또한 새로운 대장군에 공우를 임명한다."
웅성웅성.
모두들 공우란 이름에 대해 고개를 갸우뚱거렸다. 군부 어디에서도 들어본 적이 없었기 때문이다. 더욱이 대장군에 오를 정도라면 상당한 지위를 가지고 있는 무관일 것이다.

그런 자를 그들이 모를 리가 없었다.

그때 사내가 자신을 가리키며 말했다.

"참고로 내 이름이 바로 공우다."

"헉!"

녹정아가 헛바람을 삼켰다.

"마, 말도 안 된다!"

"어명을 받들지 않을 셈이냐?"

주춤!

순간 녹정아의 몸이 한차례 격하게 흔들렸다. 어명을 받들지 않는다는 것은 반역죄에 해당된다.

공우는 히죽 웃으며 천천히 걸음을 옮겼다.

무관들은 주춤거리면서도 공우의 앞을 비켜주었다. 이윽고 황보경천의 앞에 선 공우가 말했다.

"당신은 끝났어."

털썩.

순간 황보경천이 힘없이 바닥에 주저앉았다.

무영은 일만 이천의 사도련의 선발대를 바라보며 촉각을 곤두세웠다. 처음의 예상과는 달리 무언가 분위기가 심상치 않았다.

"이상해."

소령의 중얼거림에 무영은 고개를 끄덕였다. 정석대로라면 진지를 먼저 세우고 상황을 봐가며 싸움을 시작하는 것이 맞다.

하지만 저 진형은 무언가. 지금 당장이라도 전투를 시작할 것만 같은 진이었다.

'설마… 저들은 순수한 전투 인원뿐이란 말인가?'

말이 안 된다. 본래대로라면 전투를 보조하는 인원이 더욱 많아야 한다. 군량미를 수송하는 이라든지 여러 가지 일을 수행하는 자들이 있다.

앞에 진을 치고 있는 무림맹도 일만의 전력 중 절반 가까이가 수행원들이었다.

그런데 저들은.

"말 그대로 죽기 아니면 살기로군."

소령이 고개를 끄덕였다.

"사도련이 급하기는 급했던 모양이야."

그 말밖에 달리 설명할 수 있는 길이 없었다.

그 시각, 무림맹 진형은 발칵 뒤집혀 있었다.

곤륜파의 장문인인 도엽은 별로 남지도 않은 머리카락을 쥐어뜯고 있었다.

"이를 어찌하면 좋겠소?"

하지만 아무도 쉽사리 대답하지 못했다.

처음 보고를 받았을 때는 별다른 걱정을 하지 않았다. 수적으로 조금 불리하기는 하지만 본진이 당도할 때까지 못 막아낼 정도는 아니라고 생각했기 때문이다.

대강 절반 정도는 전투에 참여하지 않는 보조수행원 정도라 예상했다. 그런데 일만 이천 명 모두가 전투병이라니.

도엽은 대제자인 일청을 바라보며 말했다.

"본진은?"

"예상보다 지체되어서 내일 저녁 나절은 되어야 도착할 듯싶습니다."

"크흠……."
침음성이 절로 나왔다.
"현재 상황은 어찌 되어가고 있는가?"
"언제 들이닥쳐도 이상하지 않을 지경입니다."
절망적인 대답이었다. 도엽은 시름 어린 한숨을 내쉬다가 결국 결단을 내렸다. 처음부터 작전상 철수 따위는 생각지도 않았다.
"모두 병장기를 챙기도록."
도엽은 자신의 검을 들며 눈을 부라렸다.
"싸우자."

무현은 주위를 살피며 걷고 있었다.
"유모? 유모?"
어제저녁부터 지인이 보이질 않았다.
무언가 이상했다. 그간 이런 적이 없었기 때문이다.
"어딜 간 거야?"
무현은 뚱한 표정으로 중얼거렸다. 그때 집안일을 하던 하인이 다가왔다. 사람들을 풀어 찾아보라 일렀던 이였다.
"그래, 있던가?"
걱정스러운 물음에 하인은 곤혹스러운 표정이다.
"그게… 샅샅이 뒤져 보았지만……."
말끝을 흐리는 모습을 보니 찾지 못한 것 같았다. 무현은 입술을 꽉 깨물었다.
"사람들을 더 풀게."
"예."
하인은 황급히 몸을 돌려 자시를 벗어났다.

"유모……."

초조함에 어찌할 바를 모르고 있을 무렵이었다.

"찾아도 소용없습니다."

갑작스레 들려온 소리에 무현이 몸을 돌렸다. 소요가 굳은 표정으로 걸어오고 있었다.

"무슨 소리지?"

무현의 물음에 소요는 혀를 끌끌 찼다.

"무슨 소리냐고 물었어."

초조한 마음에 언성이 높아졌다. 소요는 무현을 바라보다가 거칠게 머리를 흐트러뜨리며 말했다.

"사라졌습니다."

"뭐?"

무현은 말뜻을 이해하지 못한 표정으로 반문했다.

"정확히 말씀드릴까요? 도망쳤습니다."

"웃기는 소리!"

흥분을 이길 수가 없었다. 바보가 아닌 이상 소요의 말뜻을 못 알아들을 리 없지 않은가.

하지만 믿을 수 없었다. 아니, 믿고 싶지 않았다.

"그럴 리가 없어. 그럴 리가……."

"정신 차리세요!"

소요가 참지 못하고 무현의 양 어깨를 부여잡았다.

"그녀를 언제까지 붙잡아둘 수 있으리라 생각했나요?"

"……."

"그녀에게 너무 의미를 두지 마세요."

소요의 표정이 처연해졌다. 그녀는 살며시 무현을 바라보며 말문을 열었다.

"제가 있잖아요?"

하지만 무현의 뇌리에 소요의 말은 들리지 않았다.

"나의 모든 것이야."

무현은 넋이 나간 표정으로 중얼거렸다. 순간 소요의 얼굴이 돌 씹은 얼굴처럼 굳어졌다.

'결국 그녀인가?'

소요는 짐짓 고개를 내저으며 화제를 돌렸다.

"하지만 문제는 그것뿐만이 아닙니다."

이 부분에 있어서의 소요의 어조는 더욱 심각했다. 무현이 시선을 주자 그녀는 한숨을 내쉬며 말했다.

"염무학 역시 사라졌어요."

"뭐? 그가 어떻게?"

"제 생각에는 지인이 빼낸 것 같습니다."

"그럴 리 없다."

무현은 세차게 고개를 내저으며 부정했다. 소요의 얼굴에 짜증스러움이 묻어나왔다.

"얼마 전 일랑님의 방문 이후 그를 가둬두었던 석실에 출입했던 것은 그녀 한 명이 유일했습니다."

"……."

"그녀밖에 없어요."

소요의 말에 무현은 고개를 떨구며 중얼거렸다.

"염무학, 염무학… 유모… 유모……."

염무학과 지인, 그들의 공통점은.

"듣고 있나요?"

소요의 물음에 무현이 고개를 치켜들며 외쳤다.
"무영!"
눈에 핏발이 섰다.

제43장
정사대전의 시작

정사대전의 시작

둥둥둥!

사도련 쪽에서 커다란 북소리가 울려 나오고 있었다. 모두들 살기 어린 눈빛에 강건한 자태로 병장기를 치켜들고 있었다. 그들에게는 더 이상 물러날 곳이 없었다.

무림의 끝인 신강이 아닌가.

그에 반해 무림맹 쪽의 병사들은 겁에 질려 있는 표정이었다. 수뇌부에서는 철저히 현 상황을 숨기려 했지만 발 없는 말이 천 리를 간다고 어느새 소문이 퍼져 있었다.

그리고 그 모습을 바라보던 사도련의 선발대의 대주, 배화교주 막리추는 눈을 부라렸다.

"오합지졸들이군."

막리추의 비웃음 섞인 목소리에 옆에서 듣고 있던 여인 단연경이 살포시 미소를 지었다.

"그러게 말입니다."

겉보기에는 단아한 인상이었지만 실상을 보면 그렇지가 못했다. 여자의 몸으로 배화교의 부교주까지 올라선 여걸이 단연경이었다.

"본진은 언제 도착한다고?"

"내일 저녁 무렵입니다."

막리추는 고개를 끄덕이며 팔짱을 끼었다.

"무림맹의 본진이 도착하는 시간도 내일 저녁이라지?"

"그렇게 알고 있습니다."

"격렬한 싸움이 되겠군."

"그러겠지요."

막리추의 입가에 한줄기 미소가 머금어졌다.

"전쟁 초반에 가장 중요한 것은?"

"상대방의 예기를 꺾는 것입니다."

단연경의 대답은 당연한 것이었지만 또한 진리이기도 했다. 막리추는 고개를 끄덕였다.

"예기를 꺾자고."

"예."

단연경은 자신감에 가득 찬 어조로 대답했다.

막리추는 검을 치켜들며 좌중을 향해 내기를 실은 목소리로 외쳤다.

"들어라!"

순식간에 일만 이천 쌍의 눈이 막리추에게 집중되었다.

"저 앞에 오합지졸들이 보이느냐?"

"예—!!"

일만 이천 명이 동시에 내뱉는 대답 소리는 어마어마했다. 막리추는 자신도 모르게 몸을 부르르 떨었다.

전율이 일어났다. 막리추는 말아 쥔 주먹을 부르르 떨며 말을 이어갔다.

"우리가 이기는 싸움이다. 지고 싶어 발악해도 질 수가 없지."

"그렇습니다!!"

"본좌에게는 꿈이 있었네. 그게 뭔지 아나?"

"……."

"바로 우리 사도련의 발아래 무림맹이 짓밟히는 거지. 그 대장정의 첫 발을 제군들이 내딛는 것이야."

막리추는 말을 끝맺은 후 깊게 호흡을 들이마셨다. 그리고 검을 무림맹 쪽으로 향하게 한 후 온 힘을 다해 외쳤다.

"가라! 그리고 승리하라!"

"와아—!!"

일만 이천 사도련 무사들은 우렁찬 외침과 함께 구림맹의 진영을 향해 내달리기 시작했다.

한편 반대편에서 그 모습을 바라보던 도엽 역시 검을 치켜들며 외쳤다.

"전군 출진!"

"와아!!"

무림맹의 병사들 역시 함성을 내지르며 달려나가기 시작했다. 하지만 어딘지 모르게 위축된 듯한 인상이었다.

도엽은 그 모습을 보니 걱정이 되었지만 어쩔 수가 없었다.

그들을 사지로 내모는 것 같았기 때문이다. 그리고 그 모습을 멀리서 바라보던 무영은 침을 삼키며 나지막이 말문을 열었다.

"시작되었군."

소령은 고개를 끄덕였다. 옆에 있던 감미란이 말을 받았다.

"정사대전이."

사도련의 선두는 말을 탄 중갑기마병이었다.
"조져!"
선두에 선 기병의 외침과 함께 선두에서 달려오던 무림맹의 보병을 밀어붙였다.
콰직! 쾅! 쾅! 촤장!
기병 앞에 보병은 무력할 수밖에 없었다. 무림맹의 병사들은 말발굽에 밟히거나 말의 몸체에 부딪쳐 튕겨 나갔다.
사도련의 기병은 미친 악귀처럼 무림맹의 보병들을 들이받으며 사방을 향해 창을 찔러댔다.
"으악!"
"아아악!"
사방에서 찢어지는 비명 소리와 함께 피가 튀어 올랐다. 하지만 그의 창 끝은 멈추지 않았다.
그때 무림맹의 병사 몇 명이 짝을 이뤄 밧줄을 팽팽히 당겼다.
"이런!"
기마병은 놀란 외침과 동시에 말이 밧줄에 걸려 꼬꾸라졌다.
쿠당탕!
바닥에 널브러진 기마병은 정신을 차릴 수가 없었다. 그때 무림맹의 병사 한 명이 기마병 위에 올라타더니 눈을 번들거리며 검을 치켜들었다.
"죽어, 이 새끼야!"
"아, 안 돼!"
기마병은 구슬프게 외쳤지만 전쟁터에 인정이 있을 리 없다.

푸욱!

검이 정확하게 기마병의 목젖 부위를 뚫고 박혔다.

"커헉… 캬악… 씩! 씩!"

숨을 쉴 수가 없었다. 호흡을 들이켜도 구멍으로 새어나가며 공기 빠지는 소리가 흘러나왔다.

하지만 검은 멈추지 않았다.

푹! 푹! 푹!

검이 몸 안으로 사라졌다가 뽑힐 때마다 피가 튀었다. 어느새 기병은 숨을 거둔 상태였다.

"히히히! 꼴 좋다, 악마의 자식 새끼들."

무림맹의 병사는 광기 어린 눈을 번들거리며 웃었다. 하지만 그때 옆으로 기마병 한 명이 지나쳐 가며 검을 날렸다.

서걱! 하는 소리와 함께 목이 허공으로 치솟았다.

"난전이군."

무영의 평가는 간단했다.

하지만 이보다 잘 들어맞는 표현이 없으리라.

한 가지 의외인 것은 수적으로 불리한 무림맹이 선전하고 있다는 정도였다.

"하지만 그것도 잠시겠지."

초반의 흐름일 뿐이다. 예상외의 거센 반항에 잠시간 당황했겠지만 곧 극복할 것이다.

무영의 예상이 맞아떨어진 것은 얼마 지나지 않아서였다.

수적 우세를 바탕으로 사도련의 병사들이 무림맹 측을 밀어붙이기 시작했다.

"우린 언제까지 기다려야 해?"

소령의 물음에도 무영은 턱가를 매만질 뿐이었다.

"무언가 이유가 있을 거 아니야."

그제야 무영이 입을 열었다.

"기다리고 있어."

"기다리다니? 뭘?"

"놈들을."

무영은 소령과 감미란에게 시선을 주며 말을 이어나갔다.

"자신들의 계획이니 확인하러 오는 것은 당연한 일이겠지?"

그제야 소령은 무영의 말뜻을 알아들었다.

"그렇구나."

소령과 감미란은 동시에 고개를 끄덕였다. 무영은 심각한 표정으로 중얼거렸다.

"과연 누가 올까?"

그렇게 얼마나 시간이 지났을까. 무영이 눈을 떴다. 그리고 가볍게 한숨을 내쉬며 몸을 일으켰다.

소령은 눈을 깜박이며 물었다.

"왜?"

"잠시 다녀올 곳이 있어."

"이런 곳에서 어딜?"

무영은 어깨를 으쓱거렸다.

"금방 돌아올 테니까."

그제야 소령은 고개를 끄덕였다.

"몸조심해."

감미란이 못내 걱정이 되었는지 말했다. 무영은 가볍게 손을 들어준 뒤 몸을 날렸다.

"휙!"

땅을 박차고 허공으로 치솟는 무영의 표정은 어두웠다.

소령은 느끼지 못했다. 자신 역시 겨우 알아챌 수 있을 만치 미약한 기운.

"누구냐?"

이제 조금만 있으면 알 수 있을 것이다.

무영은 조심스럽게 내력을 끌어올렸다. 천천히, 그리고 은밀했다. 그럴 수밖에 없었다.

적이 알아채고 도망치면 그간의 기다림이 수포로 돌아간다.

스슥—

무영은 조심스럽게 바닥에 내려앉으며 눈동자를 이리저리 굴렸다. 하지만 이내 한곳으로 시선이 고정되었다.

울창한 수풀 잎 저편으로 사람의 형체가 보였다.

사삭.

무영은 천천히 수풀을 걷으며 발걸음을 옮겼다. 그에 따라 그와의 거리도 가까워졌다.

"왔나?"

그때 그쪽에서 먼저 물어왔다. 무영이 온 것을 알고 있다는 뜻이다.

"넌……!"

무영은 믿을 수 없다는 표정으로 중얼거렸다. 그 낯익은 목소리를 알고 있었다.

모를 리가 없지 않은가. 놀라움도 잠시, 무영은 짐짓 표정을 굳히며 말했다.

"네가 직접 이곳까지 올 줄은 몰랐어."

"그런가?"

사내는 고개를 돌리며 무영을 바라보았다.

무영의 어조가 무겁게 가라앉았다.

"일랑."

사내, 일랑이 히죽 웃었다.

"황도에서 만나고… 얼마 만이지?"

"흥."

무영은 콧방귀를 뀌며 짐짓 외면하려 들었다. 바위에 걸터앉아 있던 일랑은 몸을 일으키며 엉덩이를 툭툭 털었다.

"설마 당신일 줄은 몰랐어."

무영의 말에 일랑은 팔짱을 끼며 고개를 까닥였다.

"나 역시 이곳에서 너를 볼 수 있으리라고는 생각지 않았다."

무영의 행방을 보고해 오던 적이 죽었기 때문이다. 무영은 주먹을 말아 쥐었다. 그런 모습에 일랑은 손을 내저었다.

"오늘은 됐어. 싸우고 싶지 않군."

"…무슨 생각이냐?"

"모든 것을 부정적으로 생각하는 성격은 여전하군."

뿌득.

일랑의 말에 무영이 이를 으득 갈았다.

"네놈이 그렇게 만든 거야. 모른 척하지 마."

"후후후."

"웃지도 마."

일랑의 웃음이 뚝 멈췄다. 그는 무영을 향해 걸음을 옮겼다.

주춤.

무영은 반사적으로 뒷걸음치며 위협적인 어조로 외쳤다.

"다가오지 마!"

"흐음… 그 경계심 또한 여전하군."

일랑의 입가에 징그러운 미소가 머금어졌다.

"그래, 현아는 만나봤는가?"

무영의 얼굴이 순식간에 굳어졌다.

"현아가 어째서 너와 함께 있는 거지?"

"어째서 나와 함께 있느냐……."

"어서 말해!"

결국 참지 못하고 무영의 언성이 높아졌다. 어떻게든 진실을 알고 싶었다. 동생을 포기할 수 없었기 때문이다.

일랑은 물끄러미 무영을 주시하며 말문을 열었다.

"…너 때문이잖아?"

"뭐?"

"다시 한 번 말해줘야 하나? 너 때문이라고."

"그것을 묻는 것이 아니야."

일랑에게 듣고 싶은 것은 그런 단편적인 것이 아니다. 좀 더 정확한 사실이었다.

"굳이 말하자면… 서로 간의 이해관계가 맞아떨어졌을 뿐이지."

일랑은 턱 주위를 손으로 쓰다듬었다.

"난 너를 원한다… 그리고 무현은 그 늙은 계집에게 영생의 삶을 주려 한 것뿐이야."

그가 말한 늙은 계집이라면 한 명밖에 생각나질 않는다.

"지인……? 그녀를 말하는 것인가?"

일랑은 순순히 고개를 끄덕였다. 그리고 고개를 들며 나지막한 목소리로 말했다.

"그녀는 너무 늙었지. 잠시 삶의 시간이 늘어난 것일 뿐, 결국에는 죽음에서 자유로울 수 없는 것이 너희들이니까."

일랑의 말은 단순했지만 핵심을 짚고 있었다.

"처음에도 너에 대한 분노는 그리 크지 않았어. 그럴 수밖에, 결국 혈육이 아닌가? 그가 나에게 온 것은 조금 다른 이유였지."

"……."

무영은 일랑의 닫혀진 입을 바라보았다. 무슨 말이 나올 것인가. 일랑은 가만히 고개를 들어 하늘을 올려다보았다.

"다시는 그런 슬픔을, 무력감을 느끼고 싶지 않은 거야."

일랑의 어조에는 장중함이 묻어나오고 있었다.

"뭐랄까, 그만큼이나 오랜 세월을 살아왔음에도 녀석은 아직 어려. 자신의 감정이 모두 옳다고 생각하지, 배려할 줄을 몰라."

그는 들었던 고개를 내려 무영을 바라보았다.

"그건 나 역시 마찬가지인가? 특히 너에 대해서만큼은 말이야."

"크흠……."

"나와 너 사이에는 끊을 수 없는 무언가가 있어. 같이 가느냐, 아니면……."

"둘 중 하나가 죽느냐지."

일랑은 미소를 지으며 고개를 끄덕였다.

"그렇지. 날 죽일 수 있는 존재는 네가 유일하니까."

"왜 하필 나지?"

"그것은 간단해. 넌 그럴만한 자질을 가지고 있으니까."

일랑은 다시금 바위에 걸터앉으며 옆 자리를 권했다.

"앉겠나?"

무영은 단호한 표정으로 고개를 내저었다. 일랑은 그럴 줄 알았다는 듯 피식 웃었다.

"다른 녀석들은 상당히 진지한 것 같지만, 내가 일련에 벌이고 있는 일들… 솔직히 말하자면 되면 좋고, 안 된다 하더라도 그만이야. 단지… 이 변화없는 생활에 활력소, 그래, 이 말이 가장 적당하군."

일랑의 미소가 한층 짚어졌다.

"멋지지 않은가? 삶의 활력을 위해 나라를 놓고 주무른다."

무영은 얼굴을 일그러뜨리며 말했다.

"미쳤군."

"미치지 않는 게 이상하지."

일랑은 무영을 바라보았다.

"살 만큼 살았지 않는가? 난 언제 죽어도 상관없어."

무영의 입술을 베어 물었다. 일랑은 손을 들어 무영을 가리키며 말을 이어갔다.

"처음 너를 거두었을 때 생각했지… 나를 즐겁게 해줄 수 있는 녀석이구나 하고. 그런데 넌 어땠지?"

"……."

"날 두고 도망쳤어."

일랑은 어느새 무영의 앞까지 당도해 있었다.

"큭!"

황급히 피하려 했지만 어느새 일랑은 손을 뻗어 무영의 머리를 쓰다듬고 있었다.

"얼마나 서운했는지 아느냐?"

일랑의 표정은 진심이었다. 무영은 단번에 뒤로 이 장을 벗어났다. 그리고 거칠게 머리를 흔들며 외쳤다.

"지랄하지 마!"

그러나 일랑은 전혀 개의치 않는 표정으로 천천히 자신이 하고 싶은 말을 이어나갔다.

"그래서였다, 그토록 널 찾은 것은."

무영은 눈을 부라렸다.

"집착이다."

일랑은 순순히 수긍했다.

"포기할 수 없으니까."

"이번 기회에 확실히 말하겠어. 난 너와 같이 가지 않아."

"그렇게 말할 줄 알았다."

그간 몇 번을 마주쳤을 때의 반응으로 보아 그럴 것이라 생각했다. 거부당한다는 것… 그리 좋은 기분은 아니다.

하지만 한편으로 즐거웠다. 자신의 행동 하나하나에 그토록 격렬한 반응을 보이는 존재가 있다.

"상관없다, 이제는."

"…크윽."

"둘 중 하나다. 내가 죽느냐… 아니면 네가 죽느냐."

"좋아! 해보자!"

무영은 단번에 내기를 극성으로 끌어올렸다.

우웅! 우웅!

무영 주위의 대지가 들썩이기 시작했다. 땅바닥에 떨어져 있던 돌멩이들이 공중으로 떠올랐다.

하지만 일랑의 표정은 평온하기 그지없었다.

"…지금은 아니야."

"웃기지 마!"

파앙!

무영이 크게 외치며 땅을 박찼다. 순간적으로 둘 사이의 거리가 주먹 하나의 거리만큼 좁혀졌다.

부앙!

무영의 소매 안에서 순간적으로 검이 튀어나왔다.

일랑은 표정을 가볍게 굳히며 몸을 옆으로 틀었다. 그와 동시에 무영의 검이 허공을 갈랐다.

'부질없는.'

혀를 끌끌 차며 손을 뻗어 무영의 검을 손가락으로 잡아챘다.

"뭣이?"

무영은 눈을 부릅떴다. 그 순간 일랑이 희미한 미소를 흘리며 말했다.

"아직 멀었다."

검날을 붙잡은 손가락을 가볍게 비틀었다.

끼잉!

순간 검날이 휘며 무영의 몸이 공중에서 한 바퀴 굴렀다.

쿠당탕!

"크으윽……."

뒷머리부터 바닥에 들이박은 무영이 신음성을 흘렸다. 정신이 하나도 없었다.

일랑은 그런 무영을 내려보며 뒷짐을 쥐었다.

"역시나… 예전보다 약해졌군."

"이, 이 새끼……."

"버르장머리없는 말버릇은 여전한데."

일랑은 한쪽 발을 들어 무영의 가슴팍을 밟았다.

우득!

"커헉……!"

무영의 입이 벌어지며 마른기침을 튀어나왔다. 숨을 쉴 수가 없었다. 일랑은 가슴에 올려진 발뒤꿈치를 꾹 누르며 비볐다.
"아… 아악!"
고통에 찬 신음성이 더욱 커졌다.
뿌득… 뿌드득!
가슴이 조금씩 파여 들어가며 가슴뼈가 조금씩 짓이겨졌다.
"일랑!"
그때 들려온 앙칼진 외침!
"영이를 놔줘!"
쾅!
소령은 극성의 내공으로 일 장을 뿜어냈다. 커다란 혈광이 일랑을 향해 날아들어 갔다.
"귀엽군."
일랑은 몸을 돌리며 한차례 소매를 흔들었다. 그 순간 부드러운 바람이 나아가 소령의 공격에 맞닿았다.
슈웅!
그 순간 소령의 권강이 먼지처럼 공기 중으로 흩어졌다.
"뭣?"
소령은 눈을 동그랗게 뜨며 경악성을 터뜨렸다. 하지만 놀랄 일은 지금부터였다.
"건방진 년!"
어느새 지척까지 다가선 일랑의 손바닥이 소령의 복부에 살짝 닿았다.
쩌억!
순간 자그만 소령의 옷 안쪽으로 손바닥 자국이 선명히 찍혔다.
콰당탕!

소령은 순식간에 오 장이나 굴러 처박혔다.

"쿨럭! 쿨럭!"

기혈이 뒤틀린 탓인지 소령은 검은 피를 토했다. 일랑은 혀를 끌끌 차며 말했다.

"네까짓 년이 뭘 할 수 있다고 나서는 거냐?"

"크윽… 하악! 하악!"

소령은 옷소매로 입가를 닦으며 숨을 몰아쉬었다.

"그, 그래도… 넋 놓고 보고 있을 수만은 없으니까."

"갸륵하군."

일랑은 비릿한 웃음을 지을 뿐이었다. 하지만 그 무슨 일에도 한계가 있는 법이다.

저벅, 저벅.

일랑은 천천히 소령 쪽으로 걸음을 옮겼다.

"머, 멈춰……!"

무영이 안간힘을 쓰며 몸을 일으키려 했지만 아직 짓이겨진 가슴이 다 낫지 않았다.

몸이 움직여 주질 않았다.

"제기랄!"

무영이 할 수 있는 것이라고는 있는 힘껏 욕설을 내뱉는 것뿐이었다. 그때였다.

파앙!

순간 풀숲을 헤치고 요롱이가 튀어나왔다. 소령이 극성으로 펼친 경공으로 인해 거리가 벌어지기는 했지만 놓치지 않고 쫓아온 모양이었다.

"강시?"

갑작스런 상황에 일랑의 얼굴이 놀란 기색이 흘렀다. 하지만 그것도 잠시.

"이건 또 무슨 장난이지?"

귀찮아하는 말과 함께 일랑이 소매를 한차례 흔들었다.

쩡! 하는 소리와 함께 공중에서 튀어 올라오던 요롱이의 몸이 한차례 크게 흔들리더니 그대로 바닥으로 곤두박질쳤다.

쿵!

묵직한 울림과 함께 흙먼지가 피어올랐다.

움찔!

고통을 느끼지 못하는 강시답게 요롱이는 곧 몸을 일으켰다. 하지만 다시금 풀썩 주저앉았다.

단 일 수의 공격에 요롱이의 오른쪽 다리가 사라진 것이다.

"강시라… 오래간만에 보는군."

일랑은 신기하다는 표정으로 요롱이를 살폈다.

크앙!

요롱이는 폴짝 몸을 뛰며 곧게 뻗은 팔을 휘둘렀다. 하지만 그런 공격에 당할 일랑이 아니었다. 그는 가볍게 고개를 틀어 피한 뒤 무영과 소령에게 물었다.

"너희들이 키우는 건가?"

"이익!"

소령은 안타까운 표정으로 요롱이를 바라볼 수밖에 없었다.

하지만 다행이었다. 조금이지만 부상당한 몸을 회복시킬 수 있는 시간을 벌었기 때문이다.

퍼석!

그 순간 무언가 깨지는 소리가 소령의 귀를 때렸다.

"뭐지?"

소령이 고개를 드는 순간 머리가 사라진 요롱이가 뒤로 쓰러지는 모습을 보았다.

"안 돼!"

안타까운 외침.

소령이 할 수 있는 모든 것이었다.

"별것도 아닌 것이… 쯧."

일랑은 뻗었던 손을 거두며 혀를 찼다. 그리고 소령을 바라보며 고개를 갸웃거렸다.

"더 있나?"

"…이봐."

그때 들려온 살기를 머금은 목소리에 일랑이 몸을 돌렸다.

"나랑 어울려 보자고."

무영은 한쪽 손으로 무릎을 짚은 채 몸을 일으키며 날카로운 예기를 뿜어냈다.

"좋은 눈매다."

일랑은 고개를 끄덕이며 무영을 향해 걸음을 옮겼다.

무영은 양손을 맞잡으며 굳은 뼈마디를 풀었다.

뚜둑!

굳어 있던 뼈가 풀렸다. 무영은 좌우로 목을 까닥여 근육을 이완시켰다.

펄럭! 철컥!

소매에서 검이 튀어나왔다.

저벅… 저벅. 탁탁! 파앙!

무영의 검이 휘둘러지며 시퍼런 검기 수십 가닥이 쏟아져 나왔다.

파바박! 하는 소리와 함께 검기가 지나간 자리의 땅바닥이 흉하게 파여졌다. 하지만 일랑은 손짓 한 번으로 모든 공격을 무로 돌렸다.
"……."
황망한 표정을 짓고 있는 무영을 바라보며 일랑이 말했다.
"오늘은 아니라고 했을 텐데?"
"웃기는 소리 하지 마!"
"너와의 일전을 벌이기에 이 장소는 마땅치 않아."
일랑은 뒷짐을 쥐었다.
"곧 다시 보게 될 거야."
의미심장한 말과 함께 일랑의 몸이 홀연히 사라졌다.
휘이잉!
모래 먼지를 머금은 바람이 휘날렸다.
소령과 무영은 망연자실한 얼굴로 방금 전까지 일랑이 서 있던 곳을 바라보고 있었다.
그렇게 얼마나 시간이 지났을까.
"제기랄!"
무영이 얼굴을 일그러뜨리며 땅바닥을 주먹으로 내려쳤다.

"너희들… 그 꼴은?"
초조한 기색으로 홀로 자리를 지키고 있던 감미란은 화들짝 놀라 물었다. 하지만 무영은 말할 힘도 없었는지 감미란을 지나쳐 나무기둥에 등을 기대고 주저앉았다.
대답을 듣기 힘들 것이라 생각한 감미란은 소령에게 시선을 주었다. 그리고 또 한 가지의 이상한 점을 발견할 수 있었다.
"…요롱이는?"
요롱이란 말에 소령의 표정이 침울해졌다. 그녀는 두 손으로 얼굴을 감싸 쥐며 시름 어린 한숨을 내쉬었다.

"죽었어요."

"죽다니?"

감미란의 두 눈이 동그랗게 떠졌다. 어떤 상황인지 이해가 가질 않는다. 도대체 무슨 일이 일어난 것일까.

"그럴 리가……."

"일랑……."

소령은 말끝을 흐렸다. 하지만 감미란은 그 뜻을 바로 알아들을 수 있었다. 무영의 적인 일랑에 대해서는 귀에 못이 박히도록 들었기 때문이다.

"그가 나타났다고?"

소령은 힘없이 고개를 끄덕였다.

"다친 곳은?"

"다쳐 봤자 이미 다 나았는걸요. 그런 몸이니까."

나무기둥에 기대앉아 그 말을 듣던 무영의 입가에 쓸쓸한 미소가 머금어졌다.

"영이는?"

감미란은 못내 걱정이 되는지 무영에게 다가와 물었다.

"괜찮아."

무영은 피곤한 표정으로 고개를 끄덕였다.

"그것보다… 싸움은?"

"아… 지금은 사도련 쪽으로 승기가 완전히 기운 상태야."

예상대로였다. 그럴 수밖에 없으리라. 일단 가장 중요한 병력의 차이. 또한 절실함에서 사도련이 무림맹을 압도했다.

커다란 변수가 생기지 않는 한 사도련은 절대 질 수 없는 전투였다.

"생각보다 선전했군."

무영은 한숨을 내쉬며 몸을 일으켜 전장 쪽으로 시선을 돌렸다.

과연 감미란의 말대로 무림맹을 뒷걸음질치며 밀리고 있었다. 그에 반해 사도련은 성난 맹수처럼 일방적인 학살극을 펼치고 있었다.

도엽은 자신을 향해 날아오는 화살을 향해 검을 휘둘러 쳐냈다. 그와 동시에 검에 내기를 주입해 휘둘렀다.

푸악! 파박!

피가 튀며 주위에서 벌떼처럼 몰려들던 사도련의 병사 대여섯 명이 쓰러졌다.

"죽여!"

하지만 그들은 포기하지 않았다.

동료의 죽음을 봐서일까, 점점 난폭해져 가고 있었다.

'위험하다.'

도엽은 본능적으로 생각했다. 이미 승기는 기운 상태. 수치심이 치솟았지만 어쩔 수가 없었다.

상식을 뛰어넘는 과감한 전술에 말려들었다.

'어떻게든 사수해야 한다.'

절망적인 상황이지만 포기는 없다. 무림맹, 아니, 자신이 장문인으로 있는 곤륜파의 이름을 걸고라도 기필코 버텨야 한다.

패배자라는 오명을 후손들에게 남길 수는 없지 않은가.

생각은 길었지만 결론은 빨랐다.

우웅!

도엽의 양 소매가 부풀어오르며 공기가 울렸다.

"타앗!"

한줄기 커다란 기합성과 함께 도엽이 쌍장을 출수했다. 순간 자줏빛

권강이 주변을 쓸어버렸다.

자신을 향해 눈에 쌍심지를 치켜들고 검을 휘두르던 사도련의 병사들이 단 한 차례의 공격에 흔적도 없이 사라졌다.

뒤에서 그 모습을 바라보던 배화교주 막리추는 입술을 으득 갈았다.

"쥐새끼 한 놈이 거슬리는군."

나지막한 한마디. 옆에 다소곳이 서 있던 부교주 단연경이 말문을 열었다.

"제가 가겠습니다."

"자네가?"

막리추의 물음에 단연경은 고개를 끄덕였다.

"맡겨주십시오."

"하지만……."

그녀를 못 믿는 것이 아니다. 단지 걱정이 되었을 뿐이다. 막리추의 기색을 알아차렸는지 단연경이 간곡한 어조로 거듭 외쳤다.

"저를 믿어주십시오."

"크흠……."

막리추가 쉽사리 대답을 하지 못하자 단연경이 물었다.

"제가 여자라서입니까?"

막리추는 대번에 고개를 내저었다.

"오해는 말게. 그런 뜻이 아닐세."

"저는 여자이기 이전에 배화교의 부교주입니다. 또한 정사대전 선발대의 부대주이기도 합니다. 그러니 지금은 제가 나서야 합니다."

"크음……."

"마땅히 내세울 만한 이도 없지 않습니까?"

단연경의 말에는 틀린 것이 없었다. 하지만 그럼에도 막리추는 쉽사리 결정을 내릴 수가 없었다.

"교주님."

"…알겠네."

결국 막리추는 고개를 끄덕일 수밖에 없었다. 그제야 단연경의 입가에 미소가 머금어졌다.

"다녀오겠습니다."

"몸조심하게."

"예."

단연경은 예를 취한 뒤 훌쩍 몸을 날렸다. 그리고 도엽을 향해 달려들고 있는 사도련의 병사들에게 외쳤다.

"모두 멈춰라!"

순간 모든 이들이 멈춰 섰다. 그리고 뒤이어 단연경이 도엽의 앞으로 내려앉았다.

단연경을 바라보는 도엽의 얼굴은 딱딱하게 굳어져 있었다. 그럴 만도 한 것이 한눈에 봐도 범상치 않은 고수였기 때문이다.

"그대는?"

"단연경이라 합니다."

어디선가 많이 들어본 이름이다. 잠시 기억을 더듬던 도엽의 두 눈이 동그랗게 떠졌다.

여자의 몸으로 배화교의 부교주 직에 오른 입지전적인 인물. 정파무림에서도 적잖이 화제가 되었었다.

"들어본 적이 있소."

"저 역시 곤륜의 위명에 대해서는 잘 알고 있습니다."

이 여자 여걸이라 들어 상당히 괄괄할 줄 알았건만 정반대다. 청초한 외모에 목소리도 나긋나긋한 것이 양갓집 규수마냥 여성스럽다.

하지만 그것은 겉모습뿐인 것을 알고 있다. 이렇듯 가만히 대치하고 있을 뿐이지만 겉으로 풍겨오는 기세가 녹록치 않았다.

'어찌 될지 모르겠구나.'

도엽은 내심 혀를 찼다. 그것은 단연경 역시 마찬가지였다.

'잘못하다가는 큰 화를 당할 수도 있음이야.'

단연경은 입술을 깨물었다. 어느새 약한 생각을 하고 말았다.

"가겠습니다."

단연경의 말에 도엽은 고개를 끄덕였다.

"선공을 양보하겠소."

"…때가 때이니만큼 받아들이지요."

결연한 어조. 단연경은 단번에 몸을 날리며 일 장을 날렸다. 순간 도엽이 눈을 크게 뜨며 양 주먹을 마주 쥐며 그녀의 공격을 후려쳐 냈다.

쾅!

섬광과 함께 도엽의 앞으로 폭발이 일어나며 흙먼지가 피어올랐다.

탁탁!

단연경은 그 틈을 놓치지 않고 발걸음을 빨리 하며 쉴 새 없이 검을 휘둘러 댔다.

휘릭! 휘릭! 씨앙!

그녀의 검끝에서 반원형의 검기가 휘돌려지며 먼지의 틈바구니를 뚫고 들어갔다.

깡! 깡! 까강!

쾅! 쾅! 콰쾅!

무언가 쳐내는 소리와 함께 단연경이 쏘아보낸 검기가 사방으로 쳐내지며 바닥을 때렸다.

그 모습을 바라보던 단연경은 안색을 찌푸렸다. 과연 곤륜의 장문인다운 무위였다.

'하지만!'

질 수 없다. 이곳에서 자신이 패할 경우 좋던 분위기가 순식간에 반전될 수 있었기 때문이다.

'어쩔 수 없지.'

단연경은 독하게 마음먹으며 내기를 끌어올렸다.

스멀스멀!

이윽고 그녀의 주위로 퍼진 기운은 여태까지와는 그 성질이 조금 달랐다.

사파 특유의 음습하고 사이한 기운.

때마침 먼지를 뚫고 걸어나오던 도엽은 단연경의 모습을 보며 외쳤다.

"드디어 본색을 드러냈군!"

강맹한 공격을 여러 차례 당하다 보니 심적으로 흥분된 상태였다.

그는 검을 빼 들며 자세를 취했다. 태청검법이었다.

"와라!"

"호호호!"

단연경이 교성을 터뜨리며 몸을 날렸다.

"타앗!"

도엽은 한줄기 강맹한 기합성을 내지르며 태청검법의 일초식을 펼쳤다. 순간 검끝이 흔들리며 기묘하게 뒤틀렸다.

단연경 역시 허리를 틀며 일초식을 피한 후 도엽의 옆구리를 훑고 지나갔다.

"크윽……!"

도엽의 인상이 찰나지간 일그러졌다. 옆구리 부분의 살점이 찢겨져 나가 피가 울컥울컥 솟고 있었다.

"네 이년!"

노기가 치솟은 도엽이 내력을 극성으로 끌어올리며 단연경의 등을 뒤따랐다. 그 순간 그녀가 몸을 틀었다.

고오오!

허리춤에 당겨진 그녀의 손바닥에는 짙은 녹색의 기운이 머금어져 있었다. 배화교의 무공인 염살장이었다.

손에 닿는 것은 무엇이든 간에 녹여 버린다는 무시무시한 마공!

도엽은 화들짝 놀라며 몸을 틀었다. 그와 동시에 단연경의 손이 그의 몸 옆을 스쳐 지나갔다.

화르륵!

하지만 독기 때문인지 도엽의 옷가지가 시커멓게 썩어 들어가고 있었다.

"크윽!"

도엽은 재빨리 윗도리를 벗으며 그녀와의 거리를 오 장여로 벌렸다.

주룩.

식은땀이 볼을 타고 흘러내렸다. 그만큼 도엽이 받은 놀라움은 컸다.

녹록치 않을 것이라고는 생각했지만 상상 이상이었다.

"흥!"

하지만 자신만 당한 것은 아니었다.

뚝… 뚝……!

단연경의 팔뚝을 타고 핏방울이 흘러내리고 있었다. 찰나의 순간 도엽이 검을 날려 상처를 입힌 것이다.

이로써 주고받은 셈이 되었다. 하지만.

'쉽게 끝나지는 않겠구나.'

도엽은 침음성을 삼키며 힐끗 뒤를 돌아보았다. 다행히 그가 시간을 벌어준 덕분에 병사들은 진지까지 무사히 퇴각한 상태였다.

'어쩔까?'

단연경과는 호각지세.

지금으로 봐서는 누구 하나가 죽지 않는 한 싸움은 끝나지 않을 것이다. 하지만 그녀와 도엽의 입장은 달랐다.

자신은 무림맹의 선발대를 이끌고 있는 수장이 아닌가. 이곳에서 죽는다면 모든 것이 끝이었다.

'크윽……'

결론은 하나였다. 수치스럽더라도 지금의 상황을 피해야 한다. 복수는 그 다음이다.

"굴욕이다."

그 말밖에 달리 표현할 길이 없었다. 그때였다.

슈앙!

도엽의 옆으로 한줄기 섬광이 스쳐 지나갔다. 순간 단연경이 검을 치켜들었다.

촤창!

단연경의 몸이 뒤로 휘청거렸다.

'뭐지?'

도엽이 몸을 돌려보니 대제자인 일청이었다.

"돌아가십시오. 이곳은 제가 맡겠습니다!"

일청은 도엽의 대답을 들을 새도 없이 앞으로 치고 나가 단연경과 검을 섞기 시작했다.

"무슨 짓이냐!"

도엽의 안타까운 외침. 하지만 제자의 마음을 이해할 수 있었다.

수장인 자신이 이곳에서 있어선 안 된다. 어서 진지로 돌아가 병사들을 추스르고 총력적으로 방어를 해야 한다.

어떻게든 본진이 오기 전까지는 버텨내야 했다. 하지만 이게 무슨 망신이란 말인가.

"미안하다!"

도엽은 일청의 뒷모습을 바라본 후 진지 쪽으로 달렸다. 그렇게 막 진지에 도착했을 무렵이었다.

"크아악!"

찢어지는 듯한 비명 소리.

도엽의 어깨가 한차례 크게 흔들렸다. 이 익숙한 음성은······!

풀썩.

도엽이 다시금 전장 쪽으로 시선을 주었을 때, 일청이 바닥으로 꼬꾸라지고 있었다.

"청아!"

안타까운 외침. 그에 반해 단연경은 얼굴에 미소를 지으며 시신을 내려다보다가 고개를 들어 저 멀리서 그 광경을 바라보고 있는 도엽과 시선을 마주쳤다.

히죽.

단연경의 입꼬리가 말려 올라갔다. 그 순간 도엽이 참지 못하고 몸을 날리려 했다.

하지만 그마저도 다른 이들이 붙잡는 통에 갈 수가 없었다.

단연경은 검을 들어 일청의 목을 잘라 들고는 돌아가고 있었다.

"크흐흑!"

결국 도엽은 눈물을 흘리며 주저앉을 수밖에 없었다.

다음날, 무림맹의 본진이 도착했을 때까지 선발대는 밤새도록 이어진 사도련의 공세를 막아내느라 녹초가 된 상태였다.

맹주인 청수 진인은 이곳저곳에서 널브러져 있는 시신들과 부상자들을 바라보다가 도엽에게 시선을 돌렸다.

그는 전날 제자인 일청의 죽음과 더불어 밤새도록 이어진 공격을 막아내느라 넋이 나가 있는 상태였다.

"수고하셨소이다."

청수 진인은 도엽의 두 손을 맞잡아주며 말했다. 그리고 전장 쪽으로 시선을 돌렸다.

저 멀리 사도련의 진영이 보였다.

그들 역시 방금 전 본진이 도착한 상태였다.

"사파놈들······."

청수 진인의 어조에 짙은 살기가 머금어져 있었다.

그와 같은 시각, 사도련 쪽의 진영에 도착한 사도련주 철사정은 막리추를 바라보며 미소 지었다.

"정말 잘해주셨소이다."

막리추는 가볍게 예를 취한 뒤 고개를 저었다.

"제 공이 아닙니다. 부교주가 많은 전공을 세웠습니다."

"제가 한 것이 뭐가 있다고······."

옆에 서 있던 단연경은 쑥스러운 표정이다.

철사정은 빙그레 웃으며 단연경에게 다가가 말을 건넸다.

"본좌가 배화교의 부교주가 인물 됨됨이가 출중하다는 것은 들어 알았으니 그대는 우리 사도련의 영웅이오."

"감사합니다, 련주님."

철사정은 고개를 끄덕이며 청수 진인과 마찬가지로 전장을 살폈다. 저 멀리 무림맹의 진영이 보였다.

"이제 끝을 볼 때가 왔소."

철사정은 주먹을 쥐었다.

무림일통이 손에 잡힐 듯한 착각에 미소를 참을 수가 없었다.

제44장
반전

장거정은 고개를 갸우뚱거리며 물었다.
"당신은?"
낯이 익은 얼굴이었다.
그럴 수밖에 없었다. 무현을 옆에서 모시던 이였다.
'유하라고 했던가?'
겉보기에는 어린 사내아이지만 그것이 진실된 모습이 아님을 안다.
"오랜만이지요?"
유하의 인사에 장거정은 고개를 숙였다.
"그런 것 같군요. 이곳에는 웬일입니까?"
장거정의 물음에 유하는 턱가를 매만지며 주우를 살폈다.
"일이 있어서 말입니다."
"일?"
"예."

유하는 미소를 지으며 대답했다. 장거정은 잠시 고개를 갸우뚱거렸다. 이곳에서 또 무슨 할 일이 있을까.
"제가 알아도 되는 것입니까?"
"당연하지요. 대학사에 관한 일입니다."
"저에 관한?"
순간적으로 장거정의 얼굴에 화색이 돌았다. 설마 드디어 자신에게도 불로불사의 육체를 주는 것일까란 생각이 들었기 때문이다.
그 마음을 눈치챈 유하는 피식 웃었다.
'병신.'
하지만 겉으로 내색하지 않고 신중한 표정으로 말했다.
"이런 곳에서 이야기하기는 좀 그렇군요."
"오오, 알겠소. 이리로."
장거정은 환한 웃음을 지으며 걸음을 옮겼다.
방으로 들어왔을 때였다.
뒤따라 들어온 유하가 장거정의 뒷모습을 바라보며 손을 치켜들었다.
그것이 대학사 장거정의 마지막이었다.

아침부터 청천벽력 같은 소식을 듣게 된 만력제는 눈을 끔벅였다.
"대학사가?"
"예… 사실이옵니다."
만력제는 크게 놀란 표정으로 시종관을 바라보았다.
"어제저녁에 그만……."
"그럴 리가… 며칠 전만 하더라도 건강해 보였거늘……."
"그간 많은 일들을 해온 터라 심력이 많이 손상된 듯싶습니다."
"크흠……."

만력제는 침음성을 흘렸다.

장거정의 사인은 확실하게 밝혀지지 않았다. 지금 상태에서 아는 것은 특별한 외상이 없다는 점, 그리고 잠든 상태에서 죽음을 맞이했다는 것뿐이다.

"장례는 대학사의 위치를 고려해 국상으로 올리도록 조치하라."

"명을 받들겠습니다."

"이만 물러가 보도록."

만력제의 말에 시종관은 조심스럽게 뒷걸음으로 대전을 나섰다.

혼자가 된 만력제가 중얼거렸다.

"대학사가 죽었다?"

슬그머니 입가에 미소가 떠올랐다. 어려서부터 깐깐한 노친네였다. 머리는 좋은데 앞뒤가 꽉 막혔다.

무엄하게끔 자신의 명에 밥먹듯 반대를 하고 가르치려 들었다. 그로 인해 얼마나 억눌려 왔던가.

하지만 그는 죽었다.

이제 자신을 거스를 수 있는 자는 아무도 없다는 뜻이다.

"크크크……."

만력제는 음산한 웃음을 흘렸다.

하지만 천장 위에서 자신을 내려다보고 있는 유하의 존재는 눈치채지 못했다.

'병신이로군.'

유하는 희희낙락하고 있는 만력제를 바라보며 눈살을 찌푸렸다. 대학사가 죽었다는데 고작 저런 반응이라니.

'이 나라 꼴도 뻔하군.'

자신이 한 일이기는 했지만 절로 한숨이 나왔다.

'그것보다 언제까지 있으라는 거야?'

정확한 기간을 통보받지 못했다. 말 그대로 하염없이 있으라는 얘기였다.

유하는 입술을 삐죽이 내밀며 입 안으로 투덜거릴 무렵이었다.

"쯧쯧."

갑자기 들려온 혀 차는 소리.

"누구냐?"

만력제의 두 눈이 커졌다. 그것은 유하 역시 마찬가지였다.

'그러고 보니.'

유하는 주위를 살폈다. 뭔가 분위기가 기이했다. 이상할 정도의 적막감이 대전 안을 감싸고 있었다.

"유하라고 했지? 무현의 종자인."

그때 등 뒤에서 들려온 소리에 유하의 등골이 오싹해졌다.

"누, 누구?"

유하가 고개를 돌리자마자 한 노인의 얼굴이 보였다. 그것도 매우 가까운 거리였다.

"헉!"

너무도 놀라 헛바람을 삼켰다. 노인, 염무학은 의미심장한 미소를 지으며 손을 들어올렸다. 그곳에는 섬뜩한 소검이 들려 있었다.

푹!

피하고 자시고 할 겨를도 없이 염무학의 검이 유하의 미간 한가운데를 찍었다.

"크억!"

유하의 눈이 크게 치켜떠졌다. 그 순간 몸에 힘이 빠지며 바닥으로 떨어졌다.

쿵!

넓은 대전 안에 소리가 울렸다. 만력제는 토끼처럼 눈을 치켜뜬 채 그 모습을 바라보고 있었다. 너무도 갑작스런 상황에 아무 생각도 나지 않았다.

"되도록 살상을 피하고자 했으나… 때가 때인단큼 어쩔 수가 없구나."

염무학은 유하의 미간에 꽂힌 검을 잡은 상태로 중얼거렸다. 유하는 믿기지 않는다는 표정이었다.

"네, 네가 어째서……."

그때 대전을 지탱하고 있던 큰 기둥 안쪽에서 지인이 모습을 드러냈다. 그녀는 자책하는 얼굴로 유하를 보며 눈물을 흘리고 있었다.

"네, 네가 주인님을 배신… 해?"

"나, 난……."

지인은 어찌할 바를 모르고 있었다.

염무학은 유하를 바라보며 말했다.

"날 용서하지 않아도 좋다."

그 말이 끝남과 동시에 유하의 몸이 광체에 휩싸이더니 검날을 타고 염무학의 몸 안으로 흡수되기 시작했다.

유하의 몸이 조금씩 하얗게 변하기 시작했다. 하얗게 변하던 유하는 이윽고 먼지가 되어 사라졌다.

남은 것은 유하가 입고 있던 옷가지뿐이었다.

"후우……."

염무학은 한숨을 내쉬었다.

그나마 유하인 것이 운이 좋았다. 무현의 하인이나 마찬가지였기에 염무학이 어렵지 않게 처리할 수 있는 수준이었다.

하지만 표정이 좋지 않았다. 자신의 손으로 죽인 것이다. 당연히 그럴 수밖에 없었다.

따지고 보면 동료이기 때문이다, 같은 종류의 신체를 가진.

"바, 밖에 아무도 없느냐!"

그제야 정신을 차린 만력제가 주위에다 대고 고래고래 소리를 질러댔다.

그 모습을 바라보는 염무학의 입가에 씁쓸한 미소가 걸렸다.

"소용없소."

"뭐, 뭣이라?"

만력제의 몸이 한차례 크게 흔들렸다.

"그대가 아무리 소리를 지른다 한들 바깥까지 도달할 수 없소."

"네놈이냐!"

염무학은 고개를 끄덕였다. 만력제의 얼굴이 일그러졌다.

"무엄한 놈! 나는 이 나라의 황제다! 무릎을 꿇어라!"

피식.

염무학의 입가에 미소가 머금어졌다.

"정신을 차리시오!"

준엄한 외침!

만력제는 어안이 벙벙한 표정이다. 염무학은 천천히 걸음을 옮겼다. 둘 사이의 거리가 가까워짐에 따라 만력제의 얼굴 표정이 공포심으로 변하고 있었다.

"오, 오지 마!"

"불멸의 권력이 그토록 탐이 났었소?"

염무학의 어조는 쥐어짜듯 새어나오고 있었다.

"하지만 이것을 알아야 하오. 그것은 그대의 망상일 뿐이라는 것을."

"무슨 소리냐?"

"방금 전의 그놈, 대학사를 죽인 자요. 그리고 그것도 모자라 황제, 당신을 감시하고 있었지."

만력제가 몸을 부르르 떨었다. 대학사를 죽인 자라니.

"그, 그런……!"

"당신은 그들의 꼭두각시가 된 거요. 조금만 생각해 보시오. 그들이 괜히 당신에게 불로불사의 신체를 주었을까?"

"……!"

일리가 있는 말이다.

아니, 확실하다. 그간 그토록 애정을 쏟아왔던 비빈은 사실 일랑이라는 자의 수하였다.

또한 대학사 장거정 역시 그들의 끄나풀이었다. 처음 그 사실을 알았을 때 얼마나 놀랐던가.

"나, 난……."

"지금이라도 늦지 않았소."

장거정은 한층 온화한 미소를 지으며 만력제에게 다가섰다. 그 순간 짙은 눈썹이 꿈틀거렸다.

"이, 이건?"

만력제에게서 느껴지는 기운. 분명 자신들과 같았지만 미묘하게 달랐다.

"잠시 실례."

염무학은 단번에 만력제에게 다가서 손을 잡아챘다.

"무엄하다!"

만력제는 악다구니를 썼지만 염무학이 눈 하나 깜짝할 리 없었다. 잠시 오감을 집중해 그의 몸 안 구석구석을 살피던 염무학이 눈을 동그랗게 떴다.

"허어!"

한줄기 허탈한 음성.

만력제가 재빨리 손을 빼냈다. 하지만 염무학의 심각한 표정이 마음에 걸렸는지 주저하는 목소리로 물어왔다.

"뭐, 뭐냐? 내 몸에 무슨 문제라도 있는 거냐?"

"흐음……."

하지만 염무학은 입 주위를 손으로 매만지며 침음성을 흘릴 뿐이었다. 궁금증을 참지 못한 만력제가 큰 목소리로 거듭 물어왔다.

"뭐냐고 물었다!"

염무학은 잠시 만력제를 바라보다가 조심스럽게 말문을 열었다.

"그대는 속았소."

"뭐?"

"불로불사의 신체처럼 보이지만 아니오."

"무슨 소리냐!"

"…일시적인 효과일 뿐, 얼마 지나지 않아 본래대로 돌아올 거요."

그리고는 조그만 목소리로 중얼거렸다.

"신기하군. 이런 수법은 들어보지도 못했어."

"거, 거짓말이다!"

만력제는 믿을 수 없다는 표정으로 길길이 날뛰었다.

얼마나 원해왔던 일인가. 또한 수많은 희생 끝에 얻은 결과물이었다. 그것을 부정당했으니 쉽사리 믿음이 안 가는 것도 이해가 갔다. 하지만 염무학은 가볍게 안색을 찌푸리며 가차없이 말했다.

"믿지 못하겠다면 한번 확인해 보시오. 상처가 아무는 속도가 현저하게 줄어들었을 테니."

염무학의 제안에 마음이 다급해진 만력제가 품에서 자그만 소검을 꺼내 손바닥을 그었다.

"크윽!"

화끈한 통증에 만력제가 짧은 신음성을 터뜨렸다. 하지만 그것보다 더 급한 것이 있었다.

그는 초조한 표정으로 자신의 손바닥을 바라보았다.

하지만 애석하게도 염무학의 말대로였다. 예전에는 상처가 생기자마자 연기를 뿜어내며 상처가 아물었건만 아직까지 상처엔 아무런 기미가 없었다.

뚝뚝……!

손바닥을 타고 상처 부위에서 흥건히 배어나온 피가 바닥에 떨어졌다. 그렇게 얼마의 시간이 지나고 나서야 연기가 뿜어나오며 상처가 아물기 시작했다.

하지만 또 한 가지, 만력제를 절망에 빠뜨린 것은 연기가 사라진 직후였다. 예전과는 다르게 손바닥 위에 희미하게나마 상처가 남은 것이다.

"이, 이럴 수가……!"

풀썩.

만력제는 힘없이 황상의에 기댔다. 그리고 잠시 동안 고개를 떨군 채 아무런 말도 잇지 못했다.

"황제……."

"…난 속은 건가?"

만력제는 나지막한 목소리로 물어왔다. 염무학은 무겁게 고개를 끄덕였다.

"그들의 목적은 절대불멸의 권력. 이용당하신 거요."

"…어째서? 그들의 힘이라면 나 하나 죽이는 것쯤은 닭 모가지 비트는 것보다 쉬울 텐데… 어째서…….”
"갑작스런 황위찬탈은 많은 반감을 낳을 수 있소. 그대를 부추겨 명교를 정벌토록 시킨 것도… 또한 무림맹과 사도련 간의 싸움을 붙인 것도 그 이유요."
"이용당한 것이로군…….”
만력제는 두 손으로 자신의 머리를 감싸 쥐며 괴로워했다. 그 모습을 바라보던 염무학이 말했다.
"늦은 감이 있지만 아직 기회는 있소."
기회가 있다는 말에 만력제가 고개를 들었다. 하지만 이내 한숨을 내쉬며 염무학을 가리켰다.
"그대 역시 그들과 같은 존재일지도 모르지 않은가?"
염무학은 피식 웃었다.
"쉽사리 믿음이 가지는 않겠지. 이해하오. 하지만 말이요, 지금 그대에게는 선택의 여지가 없소. 어떻소?"
만력제는 가만히 염무학의 얼굴을 바라보았다. 그렇게 얼마나 지났을까. 결국 만력제가 고개를 끄덕였다.
비로소 염무학의 얼굴에 한시름 놓았다는 안도의 표정이 깃들었다.

일랑은 운비와 소요를 향해 성큼성큼 다가갔다.
짝! 짝!
두 번의 높은 소리와 함께 운비와 소요가 바닥에 쓰러졌다. 하지만 곧바로 몸을 일으켜 정자세를 취했다.
짝! 짝!
운비와 소요는 또다시 따귀를 맞아 엎어졌지만 또다시 몸을 일으켰다. 일랑은 노기 섞인 표정으로 둘을 한차례 노려보다가 숨을 골랐다. 그리고 의자에 앉아 다리를 꼬며 말문을 열었다.

"사라졌다고 보고하면 끝인가? 도대체 방비를 어떻게 한 거야!"

"죄, 죄송합니다."

운비는 고개를 떨구며 일랑에게 빌 수밖에 없었다. 그것이 현재 그가 할 수 있는 전부였다.

'이토록 화내시는 모습은 처음이야.'

운비는 상당히 충격을 받은 표정이었다. 다른 동료들은 모르겠지만 일랑이 자신에게 손을 댄 적은 처음이었기 때문이다.

일랑은 한숨을 내쉬며 머리 한 편을 손가락으로 짓눌렀다.

보름 만에 돌아왔건만 들려온 소식이 이런 것뿐이라니.

할 말이 없었다.

"후우… 그건 그렇다 치자. 지인, 그 늙은 계집도 사라졌다고?"

"예. 그녀의 도움으로 염무학이 도주한 것으로 보입니다."

"이런 빌어먹을… 가지가지 하는군."

일랑은 곤혹스러운 표정으로 얼굴을 손으로 매만졌다. 마음 같아서는 앞의 두 연놈을 쳐죽이고 싶은 심정이었다.

"후우……!"

하지만 그럴 수는 없었다.

이미 엎질러진 물이고, 자신이 길길이 날뛰어봤자 상황이 나아질 리가 없다는 사실을 알고 있었다.

"…무현이 안 보이는군?"

무현에 대한 사항이 나오자 소요의 얼굴이 새하얗게 질렸다. 그리고 그 변화를 눈치채지 못할 일랑이 아니었다.

"사실대로 말해."

"…뛰쳐나갔습니다."

염무학이 의아한 표정으로 되물었다.

"뛰쳐나가다니?"

하지만 이내 그녀의 말뜻을 알아챌 수 있었다. 지인에게 집착하는 무현의 성격으로 보아 안 봐도 뻔했다.

"무영과 한판 붙으러 갔겠군."

"…예, 아마도."

"하나부터 열까지 다 마음에 안 들어."

이제는 허탈한 듯 일랑이 힘없이 중얼거리더니 손을 들어 휘휘 내저었다.

"물러가라."

"예."

물러가란 말에 운비와 소요는 황급히 방을 나섰다. 이윽고 홀로 남게 된 일랑이 중얼거렸다.

"슬슬 절정으로 치닫고 있는가? 기분이 더럽기는 하지만 어찌 되었든 무대가 만들어지고 있군."

일랑은 씁쓸한 표정을 지었다.

연오랑은 옆에 서 있는 연교휘를 바라보며 물었다.

"어째서 황군의 무리 안에 일랑의 수하가 있을 것이란 판단을 했느냐?"

연교휘는 무거운 표정으로 대답했다.

"간단합니다. 일단 일랑이 황군을 파견했을 때는 무조건적인 승리를 원하고 있을 것입니다. 그러자면 그에 걸맞는 확실한 승리책이 필요하지요."

연오랑은 연교휘의 말뜻을 알 수 있었다.

"그게 일랑의 수하다?"

"예."

염무학은 연교휘를 바라보다가 물었다.

"그 수하들도 강한가?"

"엄청나게 강합니다."

"수하들조차도 그 정도의 강자란 말인가?"

침울해 보이는 듯한 어조였지만 그 안에 숨겨져 있는 흥분을 눈치채지 못한 연교휘가 아니었다.

올해로 백 세. 하지만 천성이 무인이라서 그런 것일까. 강자에 대한 호승심은 어쩔 수 없나 보다.

그때였다. 저 멀리서 흑의 무복을 입은 자가 빠른 속도로 달려오고 있었다.

전방으로 상황을 알아보러 보낸 연락책이었다.

"태상교주님을 뵙습니다!"

흑의 사내가 부복하며 예를 표시했다. 연오랑은 가볍게 고개를 끄덕이며 물었다.

"어디까지 와 있나?"

"지금의 속도를 유지할 경우 이틀 후에 도착할 예정입니다."

"이틀 후라……."

연교휘는 고개를 끄덕이며 턱가를 매만졌다. 안도하는 표정이었다. 하지만 연오랑은 그와는 반대로 서운한 기색이 묻어나오고 있었다.

"그렇군. 이틀이나 기다려야 하는군."

연오랑은 혀를 차며 고개를 내저었다. 그리고 연교휘의 어깨를 툭툭 치며 말했다.

"이만 들어가자."

"예."

연오랑이 몸을 돌리자 연교휘가 그 뒤를 따랐다.

이윽고 저 멀리 어마어마한 규모의 진지가 보였다. 주요 지부를 제외한 명교의 모든 전투 병력을 끌어 모은 만큼 그 기세가 하늘을 찌를 듯했다.

무영은 담담히 고개를 끄덕였다.

그런 모습에 도리어 감미란과 소령이 멍한 표정이었다.

이토록 쉽사리 응해줄 줄은 몰랐기 때문이다.

"둘의 말대로 명교 쪽을 보기로 하지."

"정말?"

"그래."

무영은 자못 심각한 표정으로 말을 이어나갔다.

"지금 상황으로 봐서 명교 쪽으로도 놈들이 손을 뻗쳤을 거야."

무영은 짐짓 굳은 목소리로 말했다. 그리고 고개를 살짝 숙이며 자신 혼자에게만 들릴 목소리로 중얼거렸다.

"빠른 시일 내에 끝을 내야지."

이번에 일랑을 만나고 더욱 확고히 결심을 다졌다.

시간을 끌어봤자 불리해지는 쪽은 무영이다. 그간 많은 시행착오를 겪었지만 더 이상 당할 수는 없었다.

비록 실패로 돌아갔지만 무림맹주인 청수 진인을 칠 때도 말했었다, 너무 복잡하게 생각한 것 같다고.

이제는 어떻게 해야 할지 알 것 같다. 생각할 것이 뭐가 있는가. 눈앞에 닥친 상황을 헤쳐 나가면 된다. 그러면 언젠가는 일랑과 자웅을 겨룰 수 있는 날도 올 것이다.

멀지 않은 시기에.

"뭐 해?"

이미 저만치 앞서 나간 무영이 둘을 바라보며 물었다.

"아니야."

소령과 감미란이 황급히 무영의 뒤를 따랐다.

그리고 그 시각, 염무학과 지인은 막 신강에 도착했다.

"흐음……."

염무학은 한숨을 내쉬며 고개를 설레설레 저었다. 황도에서 이곳까지 오는 동안 여러 가지 소식을 수집한 그의 목적지는 명교였다.

여러 정황으로 보아 무영 일행이 있을 법한 가장 큰 가능성을 가진 곳이었기 때문이다.

"서둘러야겠어."

염무학의 중얼거림에 앞에서 단정히 앉아 있던 지인이 살짝 미소를 지었다.

곧 무영을 만날 수 있다는 생각에 가슴 한편이 드근거렸다.

"무슨 일 있소?"

괜히 혼자 웃는 지인의 모습에 염무학이 고개를 갸웃거리며 물어왔다. 지인은 황급히 손을 내저었다.

"아무것도 아닙니다."

"…정말입니까?"

지인은 힘차게 고개를 끄덕였다.

"물론이지요."

"…흐음?"

염무학은 턱가를 매만지며 잠시 침음성을 흘리다가 피식 웃어버렸다.

"그건 그렇고 이제 조금만 있으면 일랑 측에서도 난리가 날 것입니다."

아직은 모르겠으나 얼마 지나지 않아 유하의 죽음이 일랑의 귀에 들어갈 것이 분명했다.

'내가 흉수임을 바로 알아차리겠지?'

그와 동시에 여러 가지 일이 홍수처럼 밀어닥치게 될 것이다. 예상대로만 된다면.

'시간이 지나봐야 아는 것이겠고.'

염무학의 입가에 의미심장한 미소가 머금어질 무렵이었다.

"콜록! 콜록!"

갑작스레 지인이 마른기침을 했다. 염무학은 걱정스런 표정으로 물었다.

"괜찮소?"

"…예. 아직은… 콜록! 콜록!"

말로는 괜찮다고 하지만 염무학이 보기에는 상당히 심각해 보였다. 그간 같이 다니면서 보니 점점 심해져 가고 있었기 때문이다. 눈빛 역시도 점점 탁해져 가고 있었다.

"아무래도 좀 쉬는 것이 어떻겠소?"

"…괜찮습니다."

"내가 보기에는 괜찮아 보이지 않소."

지인은 씁쓸한 미소를 지으며 자신의 가슴팍을 매만져 보았다. 꽉 막힌 듯한 느낌이다. 숨을 쉬어도 개운한 맛이 없었다.

"실례지만 그 몸이 되기 전에 나이가?"

"여든여덟이었습니다. 그 일이 있은 지 삼백 년 정도 되었군요."

"실질적인 나이가 아흔하나?"

"백 년에 한 살씩을 먹는다고 들었으니 그 정도 되었군요."

염무학의 안색이 심각해졌다.

"장수하셨구려."

"그렇지요."

불로불사의 몸이 되기 전인 여든여덟만 하더라도 평균 수명에서 삼십 년 이상을 더 산 셈이었다.

"우리의 수명이 한정되어 있음을 아시오?"

지인은 무겁게 고개를 끄덕였다. 무현은 절대로 알려주려 하지 않았지만 왜 모르겠는가. 그녀에게도 귀가 있다.

"이제 죽을 때가 되어가고 있는 거지요."

"크음……."

"솔직히 이제는 별로 삶에 대한 애착도 없어요. 다만……."

"다만?"

"아닙니다. 제 혼잣말이었어요."

지인은 온화하게 웃었다.

'왠지 찝찝한 기분이군.'

염무학은 머리를 긁적였다.

공우는 막사 바깥에서 느껴진 인기척에 눈을 떴다.

"누군가?"

"…주무시는데 죄송합니다. 잠시 들어가도 되겠는지요?"

부관인 녹장아의 목소리였다.

"잠시만."

공우는 간이 침상에서 몸을 일으켜 옷을 추슬러 입었다. 그리고 흐트러진 머리를 매만진 후 말했다.

"들어오게."

공우의 명이 떨어지자 녹장아가 막사 안으로 들어왔다. 그리고 경건한 자세로 예를 취했다.

"무슨 일이지?"

공우의 물음에 녹장아가 고개를 숙이며 조심스런 어조로 말했다.

"명교에 잠입해 있던 첩자가 서신을 전해왔습니다."

"그래?"

"예."

"이리 내보게."

녹장아는 품에서 돌돌 말린 종이를 꺼내 공우의 손바닥 위에다가 공손히 올렸다.

"어디 보자."

공우는 여유로운 표정으로 종이를 펼쳐 안에 적힌 내용을 살폈다.

"오만 명… 이라."

"헛!"

공우의 중얼거림에 녹장아가 헛바람을 삼켰다. 분명히 오만이란 숫자를 들은 것 같다.

"쯧… 오라지게 많구만."

공우는 가볍게 안색을 찌푸리며 서신을 구겨 쓰레기통에 던져 넣었다. 그리고는 사색이 되어 있는 녹장아를 올려다보며 물었다.

"왜? 걱정되나?"

"솔직히 그 정도의 규모일 줄은 몰랐습니다."

공우는 혀를 찼다. 그럴 수밖에 없었다. 오랜 세월 동안 명교를 비롯한 사도련에 대한 정벌을 해오지 않았기 때문이다.

예전의 자료와 다른 것이 당연하다.

"걱정할 것이 뭐에 있나? 우리는 십만 대군일세."

"객관적인 숫자로는 그 차이가 확연하지만……"

"무슨 뜻인지는 알겠네. 하지만 말일세, 싸움을 시작하기도 전부터 너무 심각해지는 것도 옳다고 생각되어지지는 않는군."

가벼운 책망조의 말에 녹장아가 황급히 허리를 숙였다.

"죄송합니다. 제가 주제넘게 나섰습니다!"

"아닐세. 내 어찌 자네의 충심을 모르겠는가."

"감사합니다, 대장군 각하."

공우는 슬그머니 미소를 지으며 고개를 끄덕였다. 그리고 짐짓 낮은 목소리로 말문을 열었다.

"일단 바깥으로 이 사실이 새어나가지 않도록 조심하게. 괜히 사기를 꺾을 필요는 없어. 내 말이 무슨 뜻인지 알겠나?"

"명을 받들겠습니다."

"일단 이 사실은 나와 그대만이 알고 있는 것으로 하자고."

"…에?"

상식적으로 이해되지 않는 명령이었다. 일반 병사들의 사기를 꺾을 필요가 없다는 점은 백 번 맞는 말이지만, 다른 장수들에게도 비밀로 하자니?

미리 말을 해놓아 마음의 준비라도 해놓는 것이 옳다. 그것이 순리고 또한 진리였다.

"부관! 내 말뜻을 알아들었냐고 물었지 않은가?"

하지만 공우는 약삭빠르게도 녹장아의 생각을 중간에 자르고 물어왔다. 결국 명을 받드는 수밖에 없었다.

"나가보게."

공우가 나가라는 손짓을 하자 녹장아가 뒷걸음질로 막사를 나섰다. 하지만 얼굴에 깃든 의구심을 지우지 못했다.

"쯧쯧."

공우는 가볍게 혀를 찼다.
"입이 싸지나 않을까 걱정되는군."
나지막이 중얼거리며 잠을 더 자기 위해 몸을 돌릴 무렵이었다.
"흡!"
공우가 깜짝 놀라 헛바람을 삼켰다. 침상 위에 누군가가 앉아 있었기 때문이다.
"누, 누구?"
하지만 이내 정체를 알 수 있었다.
"무현?"
침상에 앉아 있는 공우를 바라보고 있는 사람은 무현이었다.
공우는 놀라운 마음에 침상 쪽으로 다가서다 무언가 이상한 감정을 느꼈다.
무현의 표정에 초조함과 분노를 알아챘기 때문이다.
"무슨 일인가?"
공우의 물음에 무현이 말문을 열었다.
"어딨나?"
"…뭘 말인가?"
"무영 말이야."
"무영이라니, 내가 알 리가 없지 않은가?"
"신강 쪽에 있다고 들었어."
공우는 가만히 고개를 끄덕였다. 명교를 들렀다 마니교를 멸문시킨 것까지는 들었다.
"그건 그렇지만 지금은 어디에 있는지……."
"몰라?"
"응."

"제길."

무현은 초조한 듯 자신의 손톱을 깨물었다. 그런 모습에 공우가 고개를 갸웃거리며 물었다.

"도대체 무슨 일이야? 말을 해줘야 나도 도와줄 것이 아닌가?"

"됐어."

무현은 가볍게 고개를 털며 몸을 일으키더니 그 자리에서 홀연히 사라졌다.

"자, 잠깐!"

공우가 다급하게 외쳤지만 소용이 없었다.

"무슨 일 있으십니까?"

막사 바깥을 지키던 호위무사들이 안쪽에서 들려온 공우의 목소리에 물어왔다.

"…아무 일도 아니다."

공우는 침상에 털썩 앉으며 아무 일도 아니라고 말할 수밖에 없었다.

"누구냐?"

명교의 진지에 도착했을 때 세 사람을 처음 맞이한 것은 경계 근무를 서고 있는 교도였다.

"아줌마 차례예요."

소령은 옆에 서 있는 감미란을 올려보며 말했다.

"응."

감미란은 가볍게 고개를 끄덕이며 앞으로 나섰다. 그리고 품에서 명교의 고위직임을 상징하는 신패를 꺼내 앞으로 내밀었다.

"광명천하!"

교도는 신패를 보자마자 바닥에 무릎을 꿇으며 경외심을 표했다. 감미란은 가볍게 고개를 끄덕였다.

"수고들 한다."

교도의 어깨를 한차례 다독여 준 후 무영과 소령에게 시선을 주며 빙그레 웃었다.

"들어가자."

무영과 소령은 고개를 끄덕이며 감미란의 뒤를 따랐다.

진지 안으로 들어선 소령은 연신 주위를 둘러보며 눈을 반짝였다.

"크다, 진짜 커."

감미란은 고개를 끄덕였다.

"단일 세력으로는 무림 최강이니까."

"실제로 보니 정말 그런 말이 나올 만하네요."

"그렇지."

팔은 안으로 굽는다고 명교에 대한 이야기가 나오자 감미란의 얼굴에 자부심이 묻어나왔다. 그 모습을 바라보던 무영은 가볍게 콧방귀를 뀌며 말했다.

"그만들 하고 연교휘에게나 가보자."

퉁명스런 말투.

감미란과 소령은 머쓱한 표정으로 머리를 긁적였다.

연교휘가 묵고 있는 막사를 찾는 것은 어렵지 않았다. 감미란이 신패를 보여주면 모든 것이 무사통과였다.

때마침 연교휘도 막 막사를 나서던 중에 이쪽을 향해 걸어오는 무영 일행을 발견하고는 눈을 동그랗게 떴다.

"어라? 돌아온 거야?"

감미란은 가볍게 예를 취한 뒤 말했다.

"아무래도 걱정이 돼서 돌아왔습니다."

"그렇소? 일단 안으로 들어가십시다. 이런 곳에서 이야기할 만한 성질의 얘기는 아닌 듯싶으니까."

연교휘는 자신의 직속 시비에게 차를 내오라는 명을 내린 후 막사 안으로 들어갔다. 무영과 소령, 감미란도 그 뒤를 따랐다.

"솔직히 좀 의외였어."

연교휘는 무영을 바라보며 말했다.

무영은 가볍게 흘러내린 머리를 뒤로 쓸어 넘기며 말했다.

"적은?"

"거의 근처까지 당도한 듯하다."

"확실히는?"

"며칠 이내지."

"그렇군."

무영은 고개를 끄덕였다. 연교휘는 의아한 표정으로 물었다.

"왜?"

"내가 이야기할게."

그때까지 가만히 듣고 있던 소령이 앞으로 나섰다. 그리고 무영을 힐끗 바라보았다. 괜찮겠느냐는 뜻이었다.

"마음대로."

무영의 대답에 소령은 고개를 끄덕인 뒤 말문을 열었다.

"황군의 대군 중 일랑의 수하가 있을 가능성이 있어."

"아… 그거 말이군."

"알고 있었어?"

연교휘는 고개를 끄덕였다. 당연한 것이 아닌가. 조금만 생각해 보면 알 수 있는 문제였다.

"그는 바보가 아니야."

무영이 나지막이 중얼거리며 앞으로 나섰다. 그리고 연교휘를 지그시 바라보았다.

"나와 소령이 선두에 선다."

"뭐?"

연교휘의 눈이 동그랗게 떠졌다.

"못 들었나?"

"아니? 아니야. 똑똑히 들었어."

연교휘는 어안이 벙벙한 표정이었다.

"영아, 이건 좋지 않아."

옆에서 듣고 있던 소령이 나서며 고개를 내저었다. 무영은 무뚝뚝한 얼굴로 물었다.

"뭐가?"

"우리를 드러내겠다는 이야기잖아?"

"이미 늦었어. 소극적으로 가는 것도 싫고."

일견 타당해 보이는 말이었다. 하지만 소령은 고개를 내저을 수밖에 없었다.

"…난 싫어."

"싫다고?"

"그래."

무영은 표정을 굳혔다.

"무엇을 두려워해?"

"…두려워하다니?"

"우리의 비밀이 남들에게 알려지길 원치 않아?"

"……."

"지금의 생활이 깨지길 원치 않는 거야?"

소령은 고개를 떨궜다.

대답을 할 수가 없었다. 무영의 말이 맞았기 때문이다.

"그, 그게 뭐가 나빠?"

소령은 눈을 부라리며 반문했다.

"사람들이 우리의 정체를 알게 된다고 생각해 봐. 어떤 일이 벌어질 것 같아?"

모르긴 몰라도 엄청난 혼란이 일어나리라.

하지만 그것도 잠시, 결국 추악한 욕망이 떠오를 것이 분명했다. 그만큼 불로불사란 달콤한 유혹이다. 그 누구도 거스를 수 없는.

"나는……."

소령이 뭐라 말하려던 찰나 무영이 앞서 입을 열었다.

"난 지쳤어. 더 이상 이 빌어먹을 운명이란 놈에 끌려 다니고 싶지 않아. 알겠어?"

"……."

소령은 쉽사리 대답하지 못했다. 그런 모습에 무영이 가볍게 콧방귀를 뀌며 말했다.

"정 싫으면 관둬. 나 혼자 나선다."

무영은 자신의 할 말만 한 후 연교휘에게 시선을 주었다.

"이렇게 되었으니 그렇게 알아둬."

"…네가 진심으로 원하는 게 그건가?"

"그래."

무영은 고개를 끄덕였다. 결연한 빛을 띤 눈매에 연교휘는 한숨을 쉬며 무겁게 고개를 끄덕일 수밖에 없었다.

어차피 지금으로서는 마땅한 대안도 없었다. 그나마 어마어마한 무위를 지니고 있는 무영이 선두로 나서줄 경우 득이 되었으면 되었지 손해

볼 것은 없다.

"알았다. 할아버님께도 그렇게 일러두지."

무영은 고개를 끄덕였다.

결전의 날이 밝았다.

아침 일찍 눈이 뜨인 무영은 가볍게 세수를 한 뒤 옷매무새를 가다듬었다.

"후우."

무영은 가볍게 한숨을 내쉬며 자신에게 배정된 천막 문 앞에 섰다. 그리고 세차게 양팔을 휘둘렀다.

철컹! 철컹!

순식간에 양 팔뚝 아래로 검이 솟구쳐 튀어나왔다. 무영은 시퍼런 검날을 들여다보며 중얼거렸다.

"준비는 끝났다."

그리고 천막을 나섰다. 밖에는 소령과 감미란이 기다리고 있었다.

"잘… 잤니?"

소령은 조심스런 어조로 물었다. 무영은 묵묵히 고개를 끄덕였다.

"응."

"…미안."

무영은 피식 웃으며 손을 뻗어 소령의 머리를 한차례 쓰다듬어 주었다.

"미안해할 필요 없어."

뜻밖의 부드러운 어조에 소령이 의아한 표정을 지었다.

"네 생각을 이해하니까."

그제야 비로소 소령의 얼굴에 안도의 기색이 흘렀다. 무영은 뒤이어 감미란에게 시선을 주었다.
"다치지 말라고."
"…영아."
"진심이야."
 무영은 짧게 말한 뒤 천천히 걸음을 옮겼다. 저 멀리 채비를 갖춘 연교휘와 연오랑이 보였다.
"잘 쉬었소?"
 연오랑이 먼저 무영을 발견하고는 인사를 건네왔다. 무영은 짐짓 굳은 표정으로 말했다.
"적군은?"
 연교휘는 서쪽 들판을 바라보며 대답했다.
"곧."
"그렇군."
 무영은 고개를 끄덕이며 그쪽으로 시선을 고정했다. 그 모습을 물끄러미 바라보고 있던 연오랑이 말했다.
"말로만 들었던 그대의 무위를 오늘에서야 보게 되겠군."
 하지만 무영은 대답하지 않았다. 그리고 얼마 지나지 않아 땅이 울리기 시작했다.
 연교휘는 격양된 표정으로 말했다.
"과연 대단하군. 이것이 십만 대군이란 말인가?"
 아직 모습이 드러나지 않았음에도 이만큼의 진동이 일다니.
 그리고 이윽고 저 멀리 황군이 모습을 드러냈다.
 십만 대군이 뿜어내는 위용은 과연 대단했다. 명교 쪽도 녹록치 않은 대군이었지만 말이다.
 연오랑은 눈살을 찌푸리며 중얼거렸다.

"엄청나구만."
"할아버님, 저 정도의 대군과 맞닥뜨려 보신 적이 있으십니까?"
연교휘의 물음에 연오랑은 피식 웃으며 고개를 내저었다.
"그럴 리가 있겠느냐?"
"그렇군요."
그리고 이번에는 무영에게 시선을 주며 물었다.
"너는?"
"나 역시."
무영은 묵묵히 말했다. 하지만 표정만큼은 담담하기 그지없었다.
"하지만 두렵지는 않아."
마지막 말은 무영의 입 안에서만 머물렀다.
"흐음."
무영은 시선은 황군 쪽으로 고정되어 있었다.

그 시각, 감미란은 초조한 기색으로 손톱을 물어뜯고 있었다.
무영이 걱정되는 것은 어쩔 수가 없었다.
"너무 걱정 마요."
보다 못한 소령이 말했다. 감미란은 고개를 내저었다.
"그러고는 싶지만 잘 안 되네."
"이해해요."
소령은 쓴 미소를 지었다. 그때였다, 진영 저편이 소란스러워졌음을 깨달은 것은.
"무슨 일일까요? 가봐요."
"으, 응? 하지만 난……."
감미란은 쉽사리 발걸음이 떨어지지 않는 인상이었지만 소령이 막무가내로 잡고 이끌었다.

"비켜봐요."

소령은 사람들을 헤치며 앞으로 나아갔다. 감미란은 마음의 동요를 다잡으며 병사 한 명을 붙잡고 물었다.

"무슨 일인가?"

"웬 노인 둘이 들여보내 달라고 떼를 쓰고 있습니다."

"노인?"

감미란은 고개를 갸웃거리며 소령을 바라보았다. 무언가 짚이는 바가 없느냐는 눈짓이었다.

하지만 소령 역시 또렷하게 짚이는 바가 없었다. 어깨를 한차례 으쓱거리며 고개를 내저었다.

"일단 앞으로 가보자."

감미란은 조용한 어조로 말하며 앞으로 나아갔다. 이윽고 사람들을 모두 헤치고 나갔을 무렵이었다. 방금 전까지만 하더라도 활기차게 앞서 걷던 소령의 발걸음이 딱 멈췄다.

그 때문에 소령의 등에 부딪친 감미란이 의아한 표정을 지었다.

"왜 그러니?"

하지만 대답이 없다. 감미란은 몸을 숙여 소령의 얼굴을 들여다보았다. 동그랗게 치켜떠진 눈은 전방에 고정되어 있었다. 그에 따라 감미란의 고개 역시 그쪽으로 향했다.

두 명의 노인은 여자와 남자였다.

"지금 이곳의 상황은 극히 좋지 않습니다. 어르신들께서 조금 불편하시더라도 돌아가시는 게 어떻겠습니까?"

연배가 있어 보였기에 예의를 차렸다. 하지만 소령과 마찬가지로 대답이 없었다.

'뭐야?'

슬며시 화가 났지만 참았다. 하지만 이내 무언가 이상함을 느꼈다. 그것은 노인과 소령의 표정이었다.

서로를 바라보며 입가에 환한 미소를 짓고 있었다. 그때 소령의 눈에서 눈물 한 방울이 볼을 타고 흘러내렸다.

"할아버지."

노인, 염무학은 빙그레 웃으며 양팔을 활짝 폈다.

"이리 오렴."

말이 끝나기가 무섭게 소령이 염무학의 품으로 안겨들었다. 단정한 몸가짐으로 그 모습을 바라보던 지인의 입가에도 미소가 걸려 있었다.

한편, 황군 쪽에서 명교 쪽을 바라보고 있던 공우 역시 표정은 그리 밝지 못했다.

"많군."

나지막이 중얼거린 뒤 주위를 살폈다. 예상대로 병사들은 동요하는 기색이 역력했다.

예상보다 명교의 세력이 대단했기 때문이다.

"부관."

공우의 말에 옆에서 대기하고 있던 부관, 녹장아가 재빨리 대답했다.

"예."

"병사들을 추스르도록."

"명을 받들겠습니다."

녹장아는 대답한 뒤 장수들을 닦달해 병사들의 동요를 억누를 것을 명했다. 이윽고 이곳저곳에서 고함 소리가 들리더니 소란스러움이 가라앉았다.

공우는 말에 탄 채 그 모습을 바라보았다. 하지만 생각은 다른 곳에 가 있었다.

'무현… 도대체 무슨 일이지?'

며칠 전 갑작스레 나타나 무영이 행방을 물은 뒤 사라졌었다.

대수롭지 않게 넘기기에는 무언가 꺼림칙한 느낌이었다.

"내가 지금 무슨 생각을……."

공우는 세차게 고개를 휘저으며 마음을 다잡았다. 지금은 이런 생각을 할 때가 아니다. 눈앞에 육만에 이르는 적이 자리잡고 있지 않은가.

"상황을 보고 오지."

짐짓 근엄한 표정으로 말을 끌고 나가려던 순간 녹장아가 근심 어린 표정으로 말문을 열었다.

"어찌 대장군께서 몸소 나가시려 합니까."

"상관없다."

공우는 희미한 미소를 흘리며 녹장아가 뭐라 할 새도 없이 말을 끌고 앞으로 나섰다.

"골치 아프군."

녹장아는 지끈거리는 머리를 손으로 감싸 쥐며 한숨을 내쉬었다. 조심 과정이 이상하기는 했지만 새로 모시게 된 대장군을 믿고 싶었다. 하지만 너무 제멋대로다.

"그래도… 뒤따라 가봐야겠지?"

대장군을 모시는 부관으로서 어쩔 수 없다.

"빌어먹을."

녹장아가 자그맣게 욕설을 내뱉으며 이미 저 멀리 가버린 공우의 뒤를 따르려던 찰나였다.

갑작스레 후방 쪽이 소란스러워지더니 한줄기 희미한 외침이 들려왔다.

"뭐냐?"

녹장아가 짐짓 엄한 목소리로 외쳤다. 하지만 이내 눈을 부릅뜰 수밖에 없었다.

말을 타고 온 병사가 큰 소리로 외친 한 마디 때문이었다.

"어명이오!"

제45장
형제

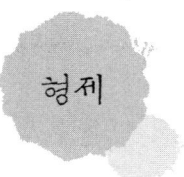

형제

그 시각, 명교 진영에서 상황을 주시하던 무영의 시야에 공우가 들어왔다.

"역시나."

무영은 눈을 빛냈다. 예상대로 일랑의 수하가 있었다. 하지만 무언가 이상한 점이 눈에 띄었다. 화려한 갑주를 착용하고 있었다.

"어째서 저처럼 노골적으로 나오는지는 모르겠지만……."

상관없다, 어떤 식으로 나오든 간에.

"죽이면 그만이지."

무영이 혀를 내밀어 말라붙은 입술을 적셨다. 그때 연오랑이 물어왔다.

"한눈에 보아도 엄청난 수준에 이른 무인. 일랑이오?"

무영은 어이없다는 표정으로 손을 내저었다.

"수하일 뿐이다."

"허어!"

연오랑은 탄식했다. 수하가 저 정도란 말인가. 언뜻 보기에도 자신보다 몇 수 위의 수준이었다.

"괴물이군, 정말……."

연교휘는 낙담하는 연오랑을 바라보며 쓴웃음을 지었다. 그리고 무영을 지그시 바라보다가 말문을 열었다.

"내가 예전에 상대했던 그 여자에 비하면 어떤 거야? 그 미친놈이나."

무영의 손에 죽음을 맞이한 추소명과 소문산을 이르는 말이었다.

"미친 놈보다는 강해."

연교휘는 질린 표정으로 고개를 설레설레 내저었다.

"그런가? 이번에는 도움이 되지 못하겠군. 조심해."

무영은 짐짓 낮은 어조로 말했다.

"난 저 녀석보다 강해."

"…그렇군."

그제야 연교휘는 한결 안도하는 눈치였다. 무영은 히죽 웃으며 몸을 돌렸다.

"다녀오마."

짧은 인사.

그와 동시에 무영의 몸은 튕기듯 앞으로 쏘아져 나가고 있었다.

"뭐지?"

저 멀리서 급격하게 거리를 좁혀오는 물체에 공우가 고개를 갸웃거렸다. 하지만 이내 누구인지 알 수 있었다.

"무영?"

눈이 부릅떠졌다.

"어떻게 이곳에!"

어느새 거리를 십여 장까지 좁힌 무영이 대답했다.

"알 것 없어."

펄럭! 철컥!

그와 함께 소매 바깥으로 튀어나온 검날에 햇빛이 반사돼 공우의 시야를 방해했다.

"크윽!"

공우는 눈을 찡그리는 한편 검을 뽑아 수평으로 휘둘렀다.

피잉! 하는 소리와 함께 핏빛 검기가 무영을 향해 날아들었다.

"흥!"

무영은 코방귀를 꼈다. 급한 마음에 쏘아보낸 공격이다.

"흐읍!"

무영은 숨을 들이마시며 자신의 검을 수직으로 내리그었다.

쯔컹!

한차례 강맹한 울림과 함께 공우의 검기가 반으로 갈렸다. 무영은 그 틈 사이로 내달려 들어가며 일장을 날렸다.

뜻밖의 변수에 다급한 공격을 날린 공우는 무영의 반격을 피하지 못했다.

쾅!

공우의 가슴팍 한가운데에 무영의 손바닥 자국이 찍혔다.

"크억!"

한줄기 비명성과 함께 공우의 몸이 뒤로 쭉 밀려났다.

주룩!

입가에서 피가 흘러나왔다. 공우는 소매로 피를 닦아내며 무영을 노려보았다.

'어째서 무영이 있음을 알지 못했을까?'

무영의 기척을 전혀 느끼지 못했다.

'제길! 이런 실수를 하다니.'

과정이야 어찌 되었든 간에 결과가 이렇게 나왔으니 누굴 탓하랴.

무영은 그런 공우를 바라보며 히죽 웃었다.

"반갑기 그지없군."

"난 별로 반갑지 않군."

공우는 눈살을 찌푸리며 대답했다.

휘잉!

어디선가 바람이 불어와 무영의 앞머리를 흩뜨려 놓았다.

"끝을 낼 때가 왔어."

무영의 어조는 낮았지만 결연한 빛을 띠고 있었다. 공우는 침을 꼴깍 삼켰다.

좋지 않다.

'득보다 실이 많겠군.'

하지만 피할 수는 없는 노릇이다. 상황도 상황이거니와 자존심이 용납하지 않는다.

"와라!"

공우는 손을 내밀며 외쳤다. 그 말이 끝나기가 무섭게 무영이 땅을 박찼다.

눈 한 번 깜박하기도 전에 무영의 주먹이 공우의 턱에 꽂혔다.

덜컥! 하는 소리와 함께 공우의 턱이 돌아갔다. 강렬한 충격이 뇌를 흔들며 땅을 딛고 있던 다리가 꺾였다.

공우가 휘청이는 순간을 무영이 놓칠 리 없다. 쉴 새 없이 주먹을 꽂아넣었다.

쾅! 쾅! 쾅! 쾅!

네 차례의 타격음과 함께 공우의 턱이 좌우로 쉴 새 없이 돌아갔다. 하지만 이것이 끝이 아니었다.

"죽어."

무영은 음산한 어조로 중얼거리며 검을 휘둘렀다. 목표는 공우의 목.

한 번의 반격도 해보지 못한 채 목이 날아갈 판이었다. 하지만 공우는 정신을 차릴 수가 없었다.

피잉!

무영의 검이 공우의 목줄기에 지척까지 다가섰을 무렵이었다.

따당! 하는 소리와 함께 무영의 검이 튕겨 나왔다.

"뭣이?"

예상치 못한 상황에 무영의 눈이 크게 치켜떠졌다.

"무영!!"

그때 들려온 비명에 가까운 외침!

무영의 고개가 반사적으로 위쪽으로 들려졌다. 그와 동시에 허공에서 천천히 걸어 내려오는 이를 발견할 수 있었다.

이글거리는 눈으로 무영을 노려보고 있는 그는 구현이었다.

"어째서 네가 여기에……?"

무영은 믿을 수 없다는 표정으로 중얼거렸다. 하지만 무현의 표정은 차갑기만 했다.

"어디 있어?"

"뭐?"

무영이 의아한 표정을 지었다. 무슨 말을 하고 있는지 이해되지 않았다.

"무슨 소리를……?"

"지인을 어디다 빼돌렸냐고!"

지인의 이름이 나오자 무영은 눈을 동그랗게 떴다.
"내놔!"
대답을 들으려고도 하지 않는다. 막무가내로 내놓으라며 윽박지를 뿐이다.
무영은 답답하다는 표정으로 고개를 내저었다.
"도대체 무슨 말을 하는 건지, 영문을 모르겠어."
"웃기는 소리 하지 마!"
무현은 악에 받친 목소리로 외치며 주먹을 움켜쥐었다.
"실력행사를 할 수밖에 없어."
순간 무영의 뇌리에 무림맹주의 처소에서 있었던 일이 스쳐 지나갔다. 더 이상 그런 일은 일어나서는 안 된다.
"그만둬. 난 진짜……."
퍽!
무영의 항변은 끝맺어지지 못했다. 일장이 무영의 복부에 작렬하며 뒤로 쭉 밀려났다.
"우웩!"
무영은 허리를 숙이며 검붉은 피를 토해냈다. 단 한 번의 공격에 속이 뒤집혔다.
저벅.
허공에서 천천히 걸어 내려오던 무현의 발바닥이 지면에 닿았다.
"넌 언제나 내게서 소중한 것을 빼앗아갔지."
"현아."
"유모를 죽이고… 이제는… 이제는!"
무현이 소매를 휘두르자 검이 튀어나왔다. 무영과 같은 무기였다.
"용서 못해."

피잉!

검이 휘둘러지며 시퍼런 검기가 쏘아져 나왔다. 무영은 다급하게 몸을 옆으로 틀었다. 피했다고 생각했다. 하지만 순간 검기의 방향이 급격히 꺾이며 무영의 뒤를 노리고 들어왔.

"칫!"

피하기는 늦었다.

무영은 찰나지간 극성으로 내기를 끌어올리며 밖으로 뿜어냈다.

텅!

다행히 검기는 무영의 몸을 상하게 하지는 못했다.

주륵!

식은땀이 흘러내렸다. 정말로 죽이려고 했다, 다른 누구도 아닌 자신의 동생이.

당혹감이 사라지더니 노기가 치솟았다.

"뿌득!"

무영은 이빨을 갈며 외쳤다.

"무현! 너 정말!"

"흥!"

무현은 가차없이 실수를 펼쳤다. 추호의 망설임도 보이지 않았다.

쾅! 펑! 콰쾅!

쉴 새 없는 폭발음과 타격음. 무영과 무현의 주위는 말 그대로 초토화되고 있었다.

황군과 명교, 양측 모두 이 엄청난 전투에 넋을 잃고 있었다.

"어, 엄청나군……."

연오랑은 허탈한 음성으로 말끝을 흐렸다. 자신의 상상을 월등히 뛰어넘는 무위였다. 그에 비해 연교휘는 좀 낫다.

"저 정도 수준이 아닙니다. 무영은……."

"음?"

"전설의 검강까지 시전 가능한 초고수니까요."

검강이란 말에 연오랑이 경악했다. 이야기로만 들어봤던 전설의 경지가 아닌가.

"검강? 정녕 사실이더냐?"

연교휘가 고개를 끄덕였다.

"시전 순간 알 수 있었습니다. 검의 경지로서 그 정도의 위력을 낼 수 있는 것은 검강이 유일하니까요."

하지만 지금 연오랑에게 중요한 것은 다른 것이 아니었다. 연교휘가 말한 시전 순간 알 수 있었다는 말이었다.

"검강을 봤느냐?"

연교휘는 고개를 끄덕였다.

"정말이지 엄청났습니다."

현재 전 무림을 통틀어 검강을 본 이는 연교휘가 유일할 것이다.

연오랑은 부러운 기색을 애써 숨기지 않았다. 무를 숭상하는 무인으로 당연한 감정이었다.

"그렇구나."

연오랑은 가볍게 고개를 끄덕이며 싸움터로 시선을 돌렸다.

혹시라도 볼 수 있지 않을까 하는 기대감이 섞여 있는 모습이었다.

"무영!"

무영과 무현은 말 그대로 내력을 쏟아 부으며 공격을 퍼붓고 있었다.

겉으로 보기에는 막상막하로 보이지만 실상 둘의 실력 차이는 확연하다. 어려서부터 감금당하다시피 하며 일랑에게 집중 조련을 받은 무영이었다. 아무래도 무현이 밀릴 수밖에 없다. 그럼에도 현 상황이 이어질 수 있는 건 무영이 결정적인 순간에 손속에 인정을 두고 있었기 때문이다.

무영은 고개를 틀었다. 그와 동시에 날카로운 검끝이 볼을 스치고 지나갔다.

주룩! 치이익!

경미한 검상 정도는 곧바로 연기가 피어오르며 상처가 아물었다.

'젠장.'

욕설을 내뱉을 시간도 없었다.

"죽어!"

무현은 발악적으로 외치며 검을 휘둘렀다. 공격 중 치명적이지 않은 것이 없을 정도였다.

'이러다가는 정말 죽겠어.'

한순간 스친 생각.

무영의 눈가가 차가워졌다. 좀 전에 느꼈던 분노와는 확연히 다른 성질의 것이었다.

피잉!

또다시 검이 무영의 몸통을 노리고 찔러 들어왔다.

무영은 입술을 꽉 깨물며 몸을 틀었다. 머리카락 한 올 정도의 차이로 검이 허공을 갈랐다.

'용서해라.'

무영은 독하게 마음먹으며 팔꿈치로 무현의 갈비뼈를 찍었다.

까드득!

뼈 부러지는 소리가 섬뜩하게 흘러나왔다. 순간 고통을 머금은 무현의 눈이 부릅떠졌다.

무영의 팔꿈치가 무현의 옆구리에 움푹 박혀 있었다.

"카악!"

무현이 짧은 비명성을 흘렸다. 하지만 무영의 공격은 여기서 멈추지 않았다. 발을 들어 무현의 무릎을 내리찍었다.

콰드득! 하는 소리와 함께 무릎이 부러졌다.

쿵!

무릎이 완전히 박살나 꺾인 상태.

"으아악!"

엄청난 고통에 무현이 참지 못하고 주저앉았다.

"이 자식!"

그때 공우가 무영을 감싸 안았다. 무현에게 온통 신경이 가 있었던 터라 뒤에서 접근하는 공우의 존재를 알아채지 못했다.

쫘아악!

무영을 휘감은 공우의 양팔에 힘이 들어갔다.

티딕! 티디딕!

무영의 몸이 공우의 힘에 의해 움츠려들기 시작했다.

"크으윽!"

신음성이 흘러나왔다.

'어떻게 해야…….'

잠시간의 고민.

하지만 어느새 몸은 본능에 따라 움직이고 있었다. 발꿈치로 공우의 발등을 냅다 찍었다.

뿌드득!

무영의 발꿈치가 공우의 발등에 들이박혔다.

"으아악!"

공우가 고통을 참지 못하고 비명을 내질렀다. 그에 따라 자연스럽게 무영을 옥죄고 있는 팔에도 힘이 빠졌다.

그때를 놓칠 무영이 아니었다. 몸을 숙여 빠져나옴과 동시에 뒤쪽을 향해 검을 휘둘렀다.

서걱!

검이 공우의 허리를 절반가량을 베고 지나간 것은 눈 깜박할 시간이었다.

공우는 재빨리 뒤로 물러서며 거리를 벌렸다. 검에 베인 상처에서 피가 울컥울컥 솟구쳤다.

"크윽!"

공우는 침음성을 삼켰다. 이윽고 연기가 솟으며 상처가 아물기 시작했다.

"이놈!"

공우의 양 눈썹이 위로 치켜 올라갔다. 하지만 쉽사리 덤벼들지는 못했다. 무영의 기세가 워낙에 엄청난 탓이었다.

"제기랄!"

무현이 몸을 일으키며 욕설을 내뱉었다. 부러진 다리 탓에 절뚝거리는 모습이 무영의 가슴을 무겁게 했다.

하지만 마음을 다잡았다. 저번과 같은 과오를 저질러 일을 그르칠 수는 없지 않은가.

딱!

무영의 손가락이 퉁겨지자 무현이 다시금 바닥에 주저앉았다. 이번에는 온전한 다리 쪽이었다.

탄지공이 무현의 허벅지 한가운데를 관통했다.

"크윽……! 크으윽!"

비명성이 터져 나왔다. 하지만 그것도 잠시, 무현이 온 힘을 끌어 올렸다.
 "우웅… 우웅……!"
 새하얀 광채가 스멀거리며 무현의 몸 전체를 감싸기 시작했다.
 "검강……."
 무영은 무현을 바라보며 나지막이 말을 이었다.
 "기어코 끝장을 봐야겠어?"
 "…난 너를 용서할 수 없어."
 그때 뒤에서 틈을 보고 있던 공우가 달려들었다. 순간 무영의 표정 양 눈썹이 치켜 올라갔다.
 "거추장스러워!"
 무영이 강하게 땅을 내리찍었다.
 순간 땅이 균열을 일으키더니 화염이 치솟아 공우를 휘감았다.
 하지만 이것으로는 택도 없다.
 무영은 화염 속을 향해 쉴 새 없이 검을 휘둘렀다.
 슈슉! 슈슈슉!
 수십 가닥의 검기가 불구덩이 속을 꿰뚫으며 들어갔다.
 촤창! 촤촤촤앙!
 검이 부딪치는 소리가 요란스럽다. 아무래도 공우가 쳐내는 것 같았다.
 '어쩔 수 없군.'
 직접 승부를 내야 한다. 마음을 굳힌 무영이 몸을 움직이려 하는 순간이었다.
 움찔.
 갑작스레 목 뒷줄기가 서늘해졌다.
 무영은 반사적으로 몸을 돌렸다. 그 순간 자신을 향해 날아들어 오는 강기가 보였다.

순간적으로 무현을 잊고 있었다.

'제길!'

피하기에는 거리가 너무 가깝다. 하지만 정면으로 받을 경우 엄청난 타격을 입는 것은 불 보듯 뻔한 사실.

"흐읍!"

무영은 주먹에 내기를 집중시켜 뻗었다.

따당! 하는 소리와 함께 무영을 향해 날아들어 오던 강기의 방향이 꺾였다. 가까스로 공격을 무마시킬 수는 있었지만 가히 좋은 상태는 아니었다.

"무현!"

무영은 고함을 질렀다. 공격을 한 이가 동생인 무현이라는 사실이 더욱 충격적이었다.

무현은 절뚝거리며 무영에게 한 걸음씩 다가오고 있었다.

"무영… 온 힘을 다해라."

무영은 고개를 떨구며 중얼거렸다.

"쌍… 도대체 어떻게 하라는 거야?"

답이 보이질 않는다. 오로지 자신의 주장만을 펼칠 뿐 대답을 들으려 하지 않고 있었다.

무현은 짐짓 입꼬리를 비틀며 말했다.

"포기해. 네가 무슨 짓을 하더라도 난 따르지 않아."

"상관없어."

무영은 어조는 차가웠다. 무현이 자신을 얼마나 미워하는지 안다. 내뱉은 말이 진심인 것 또한 뼈저리게 알고 있다.

이제는 인정한다.

"마음껏 미워해."

무영은 결연한 표정을 지었다. 어차피 마음을 돌릴 수 없음을 안다. 단지.

"내 곁에만 있으면 돼."

"싫다면?"

"네 의사 따위는 필요없어."

"큭… 그때도 그랬어. 네 생각이 모두 옳지. 다른 이의 생각, 입장은 안중에도 없어."

무현은 손을 들어 무영을 가리켰다.

"언제나 주위에 사람을 두지만 사실 그 누구도 필요로 하지 않지. 그 게 너란 인간이야."

"그렇지는……."

"닥쳐!"

무현의 외침에 무영이 몸을 움찔거렸다.

"휴우……."

무현은 긴 한숨을 내쉬었다. 이런 식으로 가다가는 끝이 없다.

"잡소리는 그만 하자고."

주먹이 꽉 쥐어졌다.

몸을 감싸고 있던 강기들이 흩날리며 그 길이가 조금씩 늘어나고 있었다.

"끝을 보자. 너와 나는 섞일 수 없는 물과 기름이야."

"넌 나의 하나뿐인 혈육이야."

"그런 말로 현혹하려 들지 마. 유치하니까."

무현이 퉁명스럽게 대답한 후 무영의 뒤쪽을 향해 말을 건넸다.

"끼어들지 마."

때마침 화염을 헤치고 나오며 공격 준비를 하던 공우의 발걸음이 멈춰졌다.
"하지만……."
공우는 고심하는 눈치였다. 무영을 최우선적으로 처리해야 하는 입장에서는 무엇이 유리한지 안다.
"제발."
애원조의 말에 공우가 입술을 꽉 깨물었다. 그간의 기억으로 무현이 자신들에게 이런 식으로 부탁한 적이 있던가?
무현의 얼굴을 물끄러미 바라보았다. 눈동자에는 결연한 빛이 머금어져 있었다. 공우는 체념 어린 표정으로 고개를 돌렸다.
"쳇! 어쩔 수 없군."
무현은 공우에게 한차례 미소를 지어준 후 이내 표정을 굳히며 무영 쪽으로 시선을 주었다.
"시작하지."
"너에게 되도록 해를 가하고 싶지 않았어."
"나하고는 정반대군."
자조적인 말이 끝남과 동시에 무현의 주위에서 일렁이던 검강의 가닥들이 무영을 향해 날아들었다.
"흐읍!"
순간 무영이 눈을 부릅떴다. 그와 동시에 몸 주위로 환한 빛의 일렁임이 솟구쳤다.
피비빗! 빠직!
무현과 무영의 검강 가닥들이 서로 맞부딪치자 격렬한 반응을 일으켰다.
"죽어버렷!"

먼저 움직인 쪽은 무현이었다. 순식간에 사방으로 뻗어나간 검강의 줄기들이 무영의 사방으로 찔러 들어왔다.

휘리릭!

무영은 몸을 휘돌리며 강기를 뿜어냈다.

카카캉!

흡사 검과 검이 맞부딪치는 소리가 쏟아져 나왔다. 하지만 그 위력은 엄청났다.

"크으윽!"

무현의 표정이 와락 일그러졌다. 같은 절기를 펼쳤음에도 위력적으로 밀리는 감을 느꼈기 때문이다.

공우는 초조한 기색으로 그 모습을 바라보다가 명교 쪽 진영을 바라보았다. 두 초고수의 싸움을 구경하느라 정신이 없어 보였다.

'이때를 놓쳐서는 안 된다.'

일순간 몰아칠 절호의 기회였다.

공우는 재빨리 몸을 날려 자신의 진영 쪽으로 돌아왔다. 곧바로 명교 쪽을 향해 돌격을 명한 셈이었다.

하지만 곧 분위기가 이상함을 깨달았다.

부관인 녹장아를 비롯한 여러 장수들이 자신을 싸늘한 시선으로 바라보고 있었기 때문이다.

"이보게……."

그리고 들려온 한줄기 목소리에 공우의 고개가 돌아갔다.

그곳에는 전 대장군 황보경천이 서 있었다.

"그대가 어찌 이곳에?"

자신의 명에 의해 감금되어 있던 황보경천이 어떻게 밖으로 나와 있을 수 있단 말인가. 공우가 부관에게 시선을 주었다.

녹장아는 노한 기색으로 검을 뽑아 들었다.
"뭣들 하는가. 대역죄인을 포박하라!"
"뭐?"
공우의 표정이 한순간 멍해졌다.
지금의 상황을 이해할 수가 없었다. 대역죄인이라니!
"배신당한 건가?"
그렇게 생각할 수밖에 없었다. 어명을 내릴 수 있는 것은 이 나라에 황제 단 한 사람뿐이다.
하지만 뒤이어진 호령에 더욱 정확한 사실을 깨달을 수 있었다.
"대학사를 살해한 죄가 첫째요! 또한 지엄하신 폐하를 염탐한 죄가 둘째다!"
'빌어먹을, 유하 자식이 실패했군.'
뿌드득!
공우의 주먹이 세게 쥐어졌다.
"제기랄."
"잡아들여라!"
황보경천이 의미심장한 미소를 지으며 명을 내렸다.
어느새 공우의 주위를 뺑 둘러싼 병사들이 창을 겨누고 있었다.
"후우."
처음의 당혹스러움은 곧 사라졌다. 일이 이렇게 벌어진 이상 어쩔 수 없지 않은가.
공우는 황보경천에게 시선을 주며 말했다.
"과연 날 잡을 수 있을까?"
황보경천의 얼굴이 일그러졌다.
"죽여도 상관없다!"

추상같은 명이 떨어짐과 동시에 병사들이 사방에서 창을 찔러 들어왔다.
"히죽."
공우의 입꼬리가 말려 올라갔다.
그와 동시에 병사들의 움직임이 일시에 멎었다. 뜻밖의 상황에 놀란 것은 황보경천이었다.
"뭐, 뭣들 하고 있는 거냐? 어서 죄인을……"
"소용없어."
공우는 황보경천의 말을 중간에서 잘랐다. 그리고 병사들을 힐끗 바라보며 어깨를 으쓱였다.
"다 죽었으니까."
"뭣?"
말도 안 된다고 생각했다.
스르륵… 털썩.
그때 한 명의 병사가 힘없이 쓰러졌다.
털썩! 털썩!
뒤이어 나머지 병사들이 차례대로 쓰러졌다.
"이, 이게 대체……!"
황보경천을 비롯한 다른 이들은 지금의 상황을 이해하지 못했다.
그럴 수밖에 없었다. 공우는 그 자리에서 조금도 움직이지 않았기 때문이다.
"놀랄 필요 없어. 단지 너희들의 시력이 나쁜 것뿐이니까."
공우가 이죽거리며 황보경천 쪽으로 걸음을 옮기기 시작했다.
"마, 막아라!"
황보경천이 다급하게 주위를 향해 외쳤다. 순간 녹장아를 비롯한 병사들이 앞을 가로막았다.

공우는 희미한 미소를 흘리며 녹장아를 바라보았다.

"너도 죽고 싶어?"

죽음이란 말에 병사들의 몸이 거세게 움찔거렸다. 하지만 녹장아만큼은 그렇지 않았다.

"넌 보통의 인간치고는 괜찮은 놈이야. 배짱도 있고… 하지만."

빡! 하는 소리와 함께 녹장아의 머리가 수박처럼 터져 나갔다. 순간 병사들이 비명을 지르며 흩어졌다.

"마, 막아라!"

황보경천은 사색이 된 표정으로 외쳤다. 하지만 그 누구도 쉽사리 나서지 못했다.

"자신의 목숨보다 소중한 것은 없지."

공우가 음산한 어조로 말하며 황보경천 쪽으로 다가섰다.

"히이익!"

황보경천이 바닥에 주저앉으며 양손으로 머리를 감싸 쥐었다. 공우는 그 모습을 잠시 내려보다가 고개를 설레설레 저었다.

"죽일 가치도 없는 놈이군."

그리고는 무영과 무현이 싸우는 쪽으로 시선을 돌렸다.

둘의 싸움은 점점 절정으로 치닫고 있었다.

"작작 좀 해!"

무영은 고함을 지르며 일장을 날렸다. 어느새 둘이 뿜어내던 검강은 사라져 있었다. 이것으로는 승부를 가릴 수가 없었기 때문이다.

상대에 대한 직접적인 타격으로 끝을 봐야 한다.

무현의 고개가 들려졌다. 충혈된 두 눈이 무영을 노려보고 있었다.

"으아악!"

투웅! 뿌각!

무영의 턱이 돌아갔다.

갑작스런 기습에 당황했다. 정신을 차릴 새도 없이 무현의 무릎이 무영의 복부에 작렬했다.

"커헉!"

숨이 턱 막혔다. 하지만 무현의 공격은 멈추지 않았다. 무영의 몸 이곳저곳에 공격이 쉴 새 없이 작렬하고 있었다.

"…이런, 제기랄!"

가슴팍을 노리고 들어오는 발바닥을 피하며 무영은 욕설을 내뱉었다. 그와 동시에 무현의 발을 오른팔로 감싸 쥐고 왼쪽 팔꿈치로 다리를 내리찍었다.

콰득! 하는 소리와 함께 다리가 수수깡처럼 부러졌다.

"으아악!"

무현이 비명을 질렀다. 하지만 이번 무영의 공격에는 인정이 없었다. 수도로 인정사정 볼 것 없이 무현의 갈비뼈를 후려쳤다.

한 번의 공격에 두 대의 갈비뼈가 부러지며 폐를 찔렀다.

"카학! 카학!"

무현은 숨이 제대로 쉬어지지 않는지 입을 벌린 채 거친 숨을 내뱉으며 뒤로 주춤주춤 물러섰다.

무영은 놓치지 않으려는 듯 몸을 날려 무현의 얼굴에 무차별적으로 주먹을 날렸다.

퍽퍽퍽퍽!

무현의 얼굴이 세차게 좌우로 흔들렸다.

퍽!

그때 무현이 주먹으로 무영의 얼굴을 한 대 쳤다. 무영의 양 눈썹이 위로 치켜 올라갔다.

쾅!

내기가 잔뜩 실린 일장은 무현의 복부에 그대로 작렬했다. 하지만 당하고만 있을 무현이 아니었다.

찰나의 순간을 놓치지 않고 날린 탄지공이 무영의 옆구리를 관통했다.

"으아악!"

"끄윽! 끄으윽……!"

무영은 옆구리를 부여잡은 채 신음성을 흘렸고, 무현은 피투성이가 된 복부를 감싸 쥐며 숨을 몰아쉬었다.

서로를 죽일 듯 노려본 채.

치이익……!

둘 사이에 연기가 솟으며 다친 상처가 수복되고 있었다.

그렇게 얼마나 시간이 지났을까. 악에 바친 무현의 목소리가 흘러나왔다.

"어, 어때… 알겠지? 너와 내가 섞일 수 없는 이유… 헉헉……."

무영이 자신의 손을 바라보았다. 피로 물들어 있었다. 모두 무현의 피였다.

피를 나눈, 이 세상 하나뿐인 혈육의 피가 자신의 주먹에 흥건히 묻어 있었다.

"나, 난 말이야… 사실 네가 정말로 싫었어. 어려서부터 부모님은 너만을 사랑해 주었지. 장손이라는 이유로… 헉… 헉… 일랑과 있을 때도 그랬어… 그의 관심은 온통 너에게만 가 있었어… 하, 하지만… 수긍했었다. 자포자기… 헉… 그래, 자포자기했지. 그런데… 유, 유모만큼은 달랐어… 어. 나를 더욱 사, 사랑해 주었지… 헉… 쿨럭!"

기침에서 검붉은 피가 터져 나왔다. 하지만 무현은 소매로 입 주위를 한 번 닦은 후 말을 이었다.

"나, 난… 처음이었어… 그래서 그녀와 평생을 살고 싶었어. 하지만 너로 인해… 그 꿈은 물거품이 되었지… 헉헉! 그렇게 집을 나와서 일랑과 지내다 우연히 네 소식을… 들었어. 네, 네가… 가정을 꾸리고 살고 있다는 소식을… 헉헉! 들었어. 위, 위선자 새끼… 처음에는 침을 뱉어주러 갔… 었어. 그런데… 헉헉! 정작 너는 없고… 지, 지인 혼자 집을 지키고 있더… 군… 왠지… 예전의 유모가 생각나서 내가 거둬들였다… 나와 같은 신체도 마련해… 헉헉! …주고. 처, 처음에는 좋았어… 하지만, 헉헉! 그녀는 언제나 네 생각뿐이었다. 그, 그렇게 내가 애를 써도… 언제나 네 생각뿐이었어… 헉헉! 말해봐… 헉헉! 네가 그렇게 잘났어? 헉헉!"

"그만두세요!"

그때 한줄기 낯익은 목소리가 들려왔다. 무영과 무현의 고개가 동시에 돌아갔다.

눈물을 그렁그렁 매단 채 지인이 서 있었다.

"유, 유모!"

무현은 눈을 동그랗게 뜨고 있었다.

지인은 무영과 무현을 바라보며 왈칵 눈물을 쏟았다.

"이제 무슨 짓이에요?"

이윽고 무현의 호흡이 고르게 돌아왔다. 어느 정도 상처가 수복된 것이다.

"…찾으러 왔어. 돌아가자."

무현은 몸을 일으켜 지인에게 다가갔다.

저벅.

순간 지인이 뒤로 한 걸음을 물러섰다. 무현이 몸을 움찔거렸다.

"어, 어째서……?"

지인이 자신의 손길을 거부한 것은 처음이었다. 무현의 얼굴이 무영 쪽으로 돌아갔다.

"저놈 때문인가?"

지인은 가볍게 고개를 내저었다.

"그렇지는 않아요."

"그렇다면 왜!"

"두 분이 싸우는 것을 더 이상 보고 싶지 않기 때문이에요."

무영이 씁쓸한 미소를 지으며 말문을 열었다.

"이번에야 정식으로 인사를 할 수 있겠군."

황도에서 만났을 때는 너무도 경황이 없었다. 더욱이 그 시간도 너무 짧았다. 무현의 기습에 정신을 잃었기 때문이다.

지인은 슬그머니 미소를 지으며 예를 표했다.

"주인님."

"오래간만이야."

무영은 지인을 바라보다가 눈살을 찌푸렸다. 눈망울이 탁하다. 총기가 보이지 않는다.

"쯧……!"

혀를 차며 짐짓 뒷짐을 지었다. 지인은 입꼬리를 떨어뜨렸다. 슬픈 미소.

"과분할 정도로 긴 삶을 살아온걸요. 만족해요."

"그래."

무영은 고개를 끄덕여 줄 수밖에 없었다.

"다시 만날 수 있을 거라 생각했어요."

처음 무현이 제시한 것이었다. 그리고 자신과 있으면 어떻게든 다시 만나게 될 것이라 했다.

"너무도 긴 시간을 필요로 했지만."

"미안."

"하지만 제가 잘못 생각한 것 같아요."

갑작스런 말에 무영과 무현이 영문을 모르겠다는 표정으로 고개를 갸웃거렸다.

"저의 존재가 도리어 두 분의 관계에 악영향을 끼쳤군요."

"그렇지는……!"

"아니요, 부정할 수 없는 사실이에요."

인식하고 있었다, 지인 자신의 존재가 둘의 관계를 극으로 치닫게 만들고 있다는 사실을.

"제가 잘못 생각했어요."

"그래, 아주 단단히 잘못 생각했지."

갑작스레 들린 소리에 지인의 고개가 돌아갔다.

퍼억!

그와 동시에 그녀의 두 눈이 크게 치켜떠졌다. 어느새 미간에 장검이 박혀 있었다.

그리고 공우가 서 있었다.

"난 네가 처음부터 마음에 들지 않았어."

"……."

지인은 눈썹을 부르르 떨며 무영과 무현을 바라보았다. 둘은 지금의 상황이 믿기지 않는다는 표정으로 넋을 잃고 있었다. 너무도 갑작스러운 상황이었다.

평소대로라면 사전에 충분히 막을 수 있었겠지만, 지금은 지인에게 온

신경이 쏠려 있었다.

"네년 덕분에 계획이 수포로 돌아갔어."

빠지직!

공우의 말이 끝남과 동시에 지인의 힘이 사라졌다.

그녀의 피부가 회색으로 변해갔다.

"유, 유모……?"

무현이 지인의 손을 붙잡았다.

스르륵.

무현의 손이 닿자 지인의 몸이 손끝부터 먼지처럼 흐트러지기 시작했다.

"아… 아……."

도저히 믿기지 않았다. 어떤 말도 할 수 없다.

지인은 두 사람을 바라보며 미소를 지으려 했다. 하지만 입꼬리가 말려 올라가기가 무섭게 사라졌다.

휘이잉!

때마침 어디선가 불어온 바람에 의해 지인의 몸이 사라졌다. 남은 것은 그녀가 입고 있던 옷뿐이었다.

"안 돼!"

무현은 바닥에 무릎을 꿇은 채 지인의 옷가지를 품에 안고 절규했다. 눈에서는 눈물이 흘러내렸다.

그 모습을 바라보던 공우는 무영에게 시선을 즈었다. 넋이 나가 있는 상태였다.

'지금이다.'

무영을 처치할 수 있는 절호의 기회다.

탁!

공우는 재빨리 몸을 날렸다.

무영은 그때까지도 정신을 차리지 못하고 있었다.

지인이 죽었다.

이것은 거짓이 아니다.

자신의 눈앞에서 벌어진 진실.

양 눈썹이 위로 치켜 올라갔다.

"이 자식!"

무영의 외침과 동시에 수십 줄기의 강기가 공우를 노리고 날아갔다.

"크윽!"

공우는 침음성을 흘리며 요리조리 강기를 피해내더니 검을 휘둘러 검기를 날렸다.

피잉! 하는 소리와 함께 반원형의 검기가 무영을 향해 쏘아져 들어왔다.

"하압!"

무영이 내력을 실은 고함을 내지르자 순간 허공에서 검기가 터졌다.

"죽여 버리겠다!"

무영은 팔뚝에 달린 검을 뽑아 들어 공우를 향해 날렸다.

"웃!"

공우가 화들짝 놀라 몸을 틀었다. 그와 동시에 검이 몸을 스치고 지나갔다.

"하마터면 큰일날 뻔……."

공우가 놀란 가슴을 쓸어내릴 무렵이었다.

퍽!

떨리는 목소리가 중간에 멎었다.

스윽.

걸음을 멈추고 손을 들어보았다. 이마 한가운데 뾰족한 무언가가 느껴졌다.

서늘한 질감.

뚝… 뚝…….

뜨거운 액체가 얼굴을 타고 흘러내렸다. 갑자기 보이던 모든 것이 새빨갛게 변했다.

"어, 어검……?"

공우의 검은 눈동자가 위로 말려 올라갔다.

털썩.

양 무릎이 땅바닥에 닿았다. 그 모습을 바라보던 무영이 손을 뻗었다. 순간 이마에 박혀 있던 검이 뽑혀져 나와 돌아왔다.

검에 흡수되어 있던 공우의 힘이 무영에게 스며들어 갔다.

스르르.

공우의 몸이 먼지가 되어 흩어졌다.

너무도 어이없는 죽음.

"크윽."

무영은 괴로운 침음성을 삼켰다. 또 한 명의 적이 사라졌건만 기뻐할 수가 없었다.

지인이 죽었기 때문이다. 하지만 이것이 현실이었다.

산 사람은 살아야 한다. 그것이 죽은 사람에 대한 예의다.

"휴우."

긴 한숨을 흘리며 무영이 몸을 돌렸다. 그곳에는 무현이 서 있었다.

우우.

무영 역시 검강을 거두며 무현에게 걸음을 옮겼다.

"현아."

나지막한 물음에 무현의 어깨가 한차례 거세게 움찔거렸다.
"…다가오지 마."
넋이 나간 어조였다. 하지만 무영의 발걸음을 멈추지 않았다.
"…어떻게 그럴 수가 있지?"
무현은 지인의 옷가지를 내려다보다가 물었다. 무영은 한숨을 내쉬었다.
무슨 뜻으로 한 말인지 알 수 있었다. 지인이 죽었음에도 어떻게 그렇게 냉정할 수 있느냐는 뜻이었다.
"나도 괴로워."
"그렇다면… 좀 더 괴로워하는 모습을 보여!"
무현이 빽 소리를 질렀으나 무영은 짐짓 고개를 내저으며 말했다.
"죽은 사람이 돌아오진 않아."
"하아!"
허탈한 웃음이 터져 나왔다. 무현은 몸을 일으켰다. 냉정하다. 그리고 마음에 들지 않는다.
"역시 너와는 함께할 수 없어."
그리고 지인의 옷가지를 품에 꼭 안으며 몸을 날렸다.
무영은 멀어져 가는 무현을 보면서도 붙잡을 수 없었다. 적어도 지금은 그렇다.
"휴우."
무영은 긴 한숨을 내쉬었다.
이 이상 이곳에서 이러고 있을 수는 없다.
'돌아가자.'
너무도 많은 일이 있었다. 지금은 아무런 생각도 하지 싶지 않았다. 부질없는 바람이겠지만.

무영이 명교 쪽으로 돌아가기 위해 몸을 돌리던 무렵이었다. 한 무리의 장수들이 말을 이끌고 나왔다.

그들은 방금 전 무영이 보인 무시무시한 무위를 염두에 두었는지 거리를 두고 멈춰 섰다.

"너희들은?"

대장군인 황보경천을 비롯한 휘하에 장수들이었다.

"대장군 황보경천이라 한다."

"대장군이라. 무슨 일인가?"

무관심하다. 더욱이 하대.

황보경천의 입장에서는 기분이 나쁠 수도 있었건만 겉으로 드러내지는 못했다. 명백한 힘의 차이를 보았기 때문이다.

"우리는 철수하오."

"철수?"

황보경천이 고개를 끄덕였다.

"어명이 내려왔기 때문이지. 대장군 직에 있던 공우는 대역죄인이었소."

쉽사리 이해가 가지는 않았지만 황제의 명은 무조건 적으로 복종해야 한다. 무영은 가만히 고개를 끄덕였다. 더 이상은 신경 쓰고 싶지 않다.

황보경천은 그 모습을 바라보다가 조심스럽게 닫문을 열었다.

"그대의 이름을 물어도 되겠소?"

"내 이름은 왜 묻지?"

"죄인을 처단했으니 마땅히 상을 내려야 하지 않겠소이까?"

피식.

무영은 쓴 미소를 지었다. 상을 내린다?

얼마 전 황궁의 참사를 일으킨 무영이었다. 왠지 우습다.

"웃기는 소리."

무영은 한마디를 한 후 곧바로 몸을 날렸다. 황보경천이 뭐라 불렀지만 들리지 않았다.

무영이 명교의 진영으로 돌아왔을 때 사람들은 아무런 말도 하지 못했다.

잔뜩 겁을 집어먹은 시선뿐이었다.

'이럴 줄 알았어.'

무영은 쓴 미소를 지으며 천천히 걸음을 옮겨 자신의 막사로 돌아왔다. 그곳에는 소령과 감미란, 그리고 염무학이 서 있었다.

"무영."

염무학은 무영을 바라보며 어색한 미소를 지었다. 무영의 표정이 차갑게 굳어졌다.

잠깐의 순간 많은 생각이 오갔다.

염무학은 일랑에게 잡혀갔다. 하지만 지금은 이곳에 있다. 그 소리는 탈출했다는 뜻이다.

그리고 지인이 나타났다.

"지인을 어디다 빼돌렸어!"

무영과 대치했을 때 무현이 했던 외침.

그것은.

"같이 탈출하셨던 겁니까?"

염무학은 고개를 끄덕였다. 순간 무영이 노기를 터뜨렸다.

"왜 그녀를 붙잡아두지 않으셨습니까!"

큰 외침에 때마침 옆을 지나치던 사람들의 시선이 집중되었다. 하지만 무영은 개의치 않았다.

지인이 그 자리에 나타나지만 않았더라도 죽지 않았을 것이다.

"미안하구나."

염무학은 고개를 떨궜다. 뭐라 변명할 수가 없었다. 그것은 분명 자신의 실책이었다.

"…크윽."

무영은 침음성을 삼켰다. 안타깝기는 하지만 이미 엎질러진 물이다. 더욱이 무턱대고 염무학만을 탓할 수도 없는 노릇이 아닌가.

"…쉬겠습니다."

무영은 힘없이 말하며 막사 안으로 들어갔다.

"여, 영아."

소령이 화들짝 놀라 걸음을 옮기려 했지만 감미란이 막아섰다. 그녀는 가만히 고개를 내저었다.

"혼자 있게 내버려 둬."

"…네."

소령은 힘없이 고개를 끄덕일 수밖에 없었다.

"크흑."

염무학은 땅바닥에 주저앉으며 고개를 떨궜다. 하지만 위로해 줄 수가 없었다.

제46장
종착

종착

소령과 염무학은 무영을 바라보고 있었다.
뜻밖에도 얼마 지나지 않아 무영이 둘을 불러들였다.
무영은 말이 없었다. 그것은 염무학 역시 마찬가지였다.
"…흐음."
소령은 소령대로 중간에 껴서 이러지도 저러지도 못하고 있었다.
무영은 초췌한 얼굴로 두 사람의 맞은편에 앉아 있었다. 너무도 무거운 적막감.
"흠!"
소령은 짐짓 헛기침을 하며 염무학을 바라보았다.
"황군도 물러나고, 이제 어찌해야 할까요?"
"…명교는 이대로 돌아가야겠지."
염무학은 턱가를 매만지며 대답했다. 조심스러운 대답이었다.
"이제 어떡할 거니?"

소령이 조심스럽게 무영에게 물었다.

"글쎄……."

무영은 말끝을 흐렸다.

무엇을 할 것인가. 머리 속이 텅 빈 것처럼 아무 생각도 나지 않았다.

"일랑을 찾을 거니?"

"일랑……."

나지막이 중얼거리던 무영의 눈가에 분노가 깃들었다.

모든 일은 일랑에게서 비롯되었다. 형제가 이런 몸이 되고 사이가 벌어졌다. 그리고……

지인이 죽었다.

"그래야겠지."

모든 것을 끝내야 한다.

"영감님."

무영은 염무학을 바라보았다.

염무학은 여전히 어두운 얼굴이다. 못내 마음에 걸리는 모양이다. 무영은 긴 한숨을 내뱉으며 미소를 지었다.

"…이제 괜찮습니다."

"영아."

뜻밖의 말에 염무학이 어리둥절한 표정을 지었다.

"어찌 보면 그녀에게는 잘된 일이었어요."

더 이상 원치 않는 삶을 살지 않아도 된다.

죽기 직전 지인이 보여주었던 미소는 너무도 편안해 보였다. 비로소 안식을 얻은 것이다.

"아까는 죄송했습니다."

"아니다. 내 실책이었다."

"이미 지나간 일이지 않습니까? 그만 하세요. 제 마음이 좋지 않습니다."

무영의 거듭된 말이 있고서야 염무학은 한결 마음이 편해진 표정을 지었다. 그 모습을 바라보던 소령이 안도의 한숨을 내쉬었다. 내심 걱정해 왔기 때문이다.

"아, 할아버지. 이거."

그때 소령이 품에서 종을 꺼내 보였다. 염무학은 반가운 표정을 지으며 종을 받아 들고는 말했다.

"찾았느냐?"

"예."

"강시에 관한 풍문을 들은 터라 예상은 했었다. 다행히 애꿎은 이의 손에 들어가지 않았구나."

"할아버지가 남기신 쪽지도 봤어요."

"그래. 너희들이라면 분명히 찾아내리라 생각했다."

염무학은 고개를 끄덕였다. 그리고 무영에게 시선을 주었다.

"언제 떠날 테냐?"

염무학의 물음에 무영은 턱가를 매만졌다.

시간을 지체하면 귀찮아질 것이 확실했다. 그 불길한 예감의 중심에는 연오랑이 자리잡고 있었다.

무영의 무위에 대해 본 이상 가만두지 않으리라. 그것 외에도 사라져버린 무현이나 일랑과 마무리 지어야 할 일도 남아 있었다.

"지금 떠나도록 하지요."

무영의 말에 소령과 염무학은 고개를 끄덕였다. 그 방법이 가장 나을 것 같았다.

"목적지는?"

"지금쯤이면 정파와 사파가 맞부딪쳤을 터. 그쪽을 한번 봐야지요."
염무학은 고개를 끄덕였다. 이곳에 공우가 있었던 것처럼 그쪽에도 누군가가 있을 가능성이 있었다.
"각자 짐을 꾸리고 남쪽 십 리 지점에서 보도록 하지요."
"그래."
"알겠어."
염무학과 소령은 고개를 끄덕이더니 막사를 벗어났다. 무영은 침상 밑에 놓인 혁낭을 집어 들고 몸을 나섰다.
약속했던 지점에 도착해 얼마간 기다리자 소령과 염무학이 각자의 짐을 들고 도착했다.
무영은 소령을 바라보며 물었다.
"들키지는 않았고?"
감미란이나 연교휘 등을 두고 한 말이었다.
"응."
소령의 대답에 무영은 고개를 끄덕이며 몸을 날렸다.
"같이 가!"
소령은 이미 저 멀리 앞서 나가고 있는 무영과 염무학의 뒤를 따랐다.

"크음."
사도련주 철사정은 탁자를 손가락으로 탁탁 치며 침음성을 삼켰다.
심란해 보이는 얼굴.
그 모습을 바라보던 배화교주 막리추가 예를 취하며 말문을 열었다.
"괜찮으십니까?"
걱정이 묻어나오는 어조에 철사정이 씁쓸한 미소를 지었다.
"괜찮소."

말로는 괜찮다 하지만 표정은 그렇지가 못했다.
 그럴 수밖에 없었다. 무림맹과 사도련이 대치한 지 열흘이 지났건만 아직까지 승부를 내지 못했다.
 '늙은 여우 같으니.'
 무림맹주인 청수 진인을 일컫는 말이었다. 무슨 생각인지는 모르겠지만 철저하게 전면전을 피하고 있었다.
 길고 지루한 소모전만이 거듭되고 있을 뿐.
 무언가 터질 것 같으면서도 터지질 않으니 조금씩 지쳐 가는 것은 당연한 수순이었다.
 "도대체 무슨 생각인 거지?"
 철사정은 입술을 꽉 베어 물었다. 그런 모습에 막리추가 주먹을 움켜쥐었다.
 "일반 병사들 역시 불안해하는 눈치입니다. 이제는 결단을 내리시는 것이 어떨는지요?"
 "크흠……."
 그간 철사정 역시 너무 신중했던 감이 있다. 혹시나 무슨 계략이 있는 것이 아닌가 하는 불안감.
 하지만 이제는 앞뒤 가릴 수가 없다. 너무 시간을 지체해 버렸다.
 "수뇌부들을 모아주게."
 "예."
 막리추는 예를 표한 뒤 막사를 나섰다. 그리고 얼마 지나지 않아 수뇌부들이 하나둘 모였다.
 "본좌가 그대들을 부른 것은 총공격에 관한 것일세."
 총공격이란 말에 십수 명의 얼굴이 환해졌다. 그간 얼마나 참아왔던가.

"결단을 내리셨습니까?"

철사정은 고개를 끄덕였다.

"그대들도 알다시피 그동안 우리는 신중에 신중을 기했네. 무림맹에 늙은 여우 때문이었지. 하지만 이 이상 길게 끌다가는 도리어 우리가 곤란해질 수 있다는 판단일세."

수뇌부들은 무겁게 고개를 끄덕였다. 철사정의 말은 틀린 것이 아니었다. 초장부터 마니교의 멸문이 계획에 차질을 빚었다.

심리적으로 불안감을 느낀 것이다. 그래서 첫 싸움에 무리수를 둔 것이고, 다행히 의도한 대로 이길 수 있었다.

하지만 임시방편일 뿐이었다. 좀처럼 그 기세를 밀고 나가지 못하자 다시금 불안감이 떠올랐다.

가장 위에 위치한 철사정이 느낄 수 있을 지경이니 실상은 상당히 심각할 것이다.

전쟁에 중요한 것 중 하나가 병사들의 사기란 것은 누구나가 알고 있다.

"내일 저녁. 모두들 단단히 준비해 놓도록 하시오."

철사정의 명에 수뇌부들이 예를 표시했다.

이윽고 막사 안에 홀로 남게 된 철사정은 한숨을 내쉬며 의자에 등을 푹 기댔다.

그리고 그 시각, 무림맹 진영.

무림맹주 청수 진인은 의자에 앉아 안면에 미소를 가득 머금고 있었다. 처음의 싸움은 대패였지만 흐름을 되찾아올 수 있었다.

별것 아니다. 인내심을 가지고 지켰을 뿐.

처음에는 혈전을 각오했다. 하지만 오는 도중 마니교의 멸문 소식을 들을 수 있었다.

그들은 적잖이 당황했을 것이다. 비록 마니교가 사도련에서 차지하고 있는 비중이 그리 크지는 않더라도 말이다.

'하지만 이만하면 한 번 일이 터질 때도 되었지.'

사도련은 바보가 아니다. 이미 어느 정도의 이야기는 오갔을 것이다. 그리고 예상되는 결론은 단 한 가지뿐.

"총공격……."

"맞았습니다."

그때 허공에서 운비가 나타나며 말했다. 청수 진인의 안색이 환하게 펴졌다.

"오셨습니까?"

"예, 그간 별일은 없으셨지요?"

운비의 말에 청수 진인이 고개를 끄덕였다. 그리고 얼른 일어나 자신이 앉아 있던 자리를 내줬다.

"이리로 앉으시지요."

"그렇게까지 하실 필요는……."

운비가 부담스러웠는지 손을 내저었지만 청수 진인은 막무가내였다. 결국 상석에 앉은 운비는 차 대접까지 받고서야 대화를 나눌 수 있었다.

"명교 쪽의 분위기가 심상치 않아 보이더군요."

청수 진인의 표정이 굳어졌다.

"그렇습니까?"

"움직임이 바빠지고 있습니다. 제 생각에는 오래지 않아……."

"공격해 올 것이란 말씀이십니까?"

"예상하셨군요."

청수 진인은 고개를 끄덕였다.

"기다릴 만큼 기다렸을 테니까요."

"준비는 하고 계십니까?"
"준비랄 것이 뭐가 있겠습니까? 이번 싸움은 무조건 승리해야 합니다. 매우 정당한 방법으로."
운비는 미소를 지었다.
"여태까지와 마찬가지로 잘해 나가실 것이라 믿겠습니다."
"걱정해 주셔서 감사합니다."
"머물 곳을 마련해 주실 수 있으신지요?"
운비의 말에 청수 진인의 얼굴이 환하게 펴졌다. 그간 같이 차를 나누거나 짧은 시간 담소를 나눈 것이 다였기 때문이다.
"새로운 역사가 쓰여질 현장에 빠질 수는 없지요."
"물론이지요. 곧바로 마련해 드리겠습니다."
혹시라도 운비의 마음이 변할까 싶어 청수 진인은 재빠르게 바깥에 명을 내렸다.
청수 진인의 부산스런 모습을 바라보는 운비의 입가에 의미심장한 미소가 걸렸다.

"흐음."
무영은 들판에 앉아 양쪽으로 대치하고 있는 명교와 무림맹의 진영을 내려다보고 있었다.
옆에 앉아 있던 염무학은 눈매를 날카롭게 빛내며 양측의 전력을 가늠하고 있었다.
"어때 보입니까?"
"수적으로는 백중세. 하지만 기세는 무림맹 쪽이 좀 나아 보이는군."
"그렇군요."
무영은 고개를 가볍게 끄덕이곤 몸을 일으켜 흙이 묻은 엉덩이를 툭툭 털어냈다. 그리고 소령에게 시선을 주었다. 뚱한 표정이었다.

"왜?"

"영이처럼 잘 느껴지지는 않는군."

"뭐가?"

"기척 말이야."

그동안 일랑의 수하를 찾고 있었던 모양이다.

염무학은 허탈하게 미소를 지으며 소령의 머리를 쓰다듬어 주었다.

"어차피 싸움이 벌어지면 알게 될 거다."

무영은 가볍게 고개를 내저었다.

"아니요. 싸움이 벌어지기 전에 잡아야 합니다. 이제 질질 끄는 것은 싫거든요."

"그래."

평소 같으면 너무 성격이 급하다고 한마디 해줬겠지만 지금은 상황이 다르다. 그로 인해 얼마나 많은 피해를 봐왔는가.

"그건 그렇다 치고, 이제 얼마나 남은 거지요?"

"일단 일랑의 수하는 총 일곱 명이다."

"현아와 지인을 합한 건가요?"

"아니, 뺀 것이다."

염무학은 고개를 내저으며 말을 이었다.

"일단 내 손에 죽은 것이 무현의 수하인 유하."

"제가 처리한 녀석이 소문산, 추소명, 공우, 그리고 살수 두 명."

"살수라면 적과 흑일 것이다. 적이란 자는 우리와 같은 몸이 아니니 일단 빼놓도록 하자."

무영은 고개를 끄덕였다. 흑은 얼마 전 자신의 손에 죽임을 당한 자였고, 적은 별 볼일이 없었다.

"이제 남은 것은 두 명이다."
"아십니까?"
"무현의 수하인 소요, 그리고 운비란 자다."
소요는 알고 있었다. 하지만 운비는 처음 들어보았다.
"아……!"
그 순간 무현의 눈이 동그랗게 떠졌다. 한 사람이 생각났기 때문이다.
"…한 명이 더 있습니다."
"뭐?"
"여자가 한 명 더 있어요. 최근에 동료가 되었지요."
무영의 얼굴이 일그러졌다. 소화의 얼굴이 떠올랐다. 그리고 뒤이어 생각난 것은 백리현이었다.
'설마 그녀 역시?'
돌덩이를 얹어놓은 듯 가슴 한켠이 무거워졌다.

백리현은 눈앞에 앉아 있는 여인을 바라보며 볼을 부풀렸다.
'재미없어.'
그녀는 언제나 침울한 인상을 유지했다. 너무도 무뚝뚝해 처음에는 벙어리인 줄 알았다.
'이름이 소화라고 했었지?'
그것이 백리현이 유일하게 들은 한 마디였다.
"휴우……."
백리현은 긴 한숨을 내쉬었다. 현재 백리현은 마차를 타고 어딘가로 가고 있었다. 어디로 가는지도 모른다. 실로 오래간만에 바깥바람을 쐰다고 좋아했지만 그것도 잠시였다.
자유라고는 눈곱만치도 없다. 이 기회를 틈타 도망칠 생각 따위도 할 수 없었다.

"뭐가 어떻게 돌아가고 있는 건지."

"차 어떠세요?"

때마침 소요가 찻잔을 들어 보이며 물었다. 도망치기를 포기한 원인은 소요 때문이었다.

언제나 실실거리는 것처럼 보이지만 한시도 백리현에게서 시선을 놓지 않는다.

백리현은 뚱한 표정을 지으며 고개를 끄덕일 수밖에 없었다.

"예."

"심심하지요?"

소요는 뜨거운 차를 호호 부는 백리현을 바라보며 물었다.

"뭐… 아니라고 하면 거짓말이겠지요?"

"그럴 줄 알았어요."

소요는 빙그레 웃었다.

백리현은 턱을 괸 채 소화 쪽을 힐끗 바라보았다.

"저 사람은 원래 저랬어요?"

소요의 표정이 한순간 멈칫했다.

"저마다 사정이란 것이 있는 법이니까요."

"흐음……."

말뜻을 모르는 것은 아니지만 두고 보기에는 성격상 용납이 안 됐다.

"이봐요."

역시나다.

소화는 백리현을 힐끗 바라보기만 할 뿐이었다.

백리현은 고개를 설레설레 저었다. 결국 소화에게는 포기했다. 그녀가 다음으로 시선을 준 쪽은 소요였다.

"근데요……."

"예?"

"어디 가는지 물어봐도 돼요?"

소요는 배시시 웃었다.

"글쎄요."

기대했던 소요 역시 애매모호한 말로 화제를 흐트러뜨렸다.

"에휴… 물어본 내가 바보지."

결국 백리현은 한숨을 내쉬었다.

철사정은 감고 있던 눈을 떴다. 그의 앞에는 일백의 정예 무사들이 서 있었다.

"후우."

긴 한숨이 흘러나왔다. 이들은 선두에 설 이들이다. 그만큼 심혈을 기울여 뽑았다.

말이야 정예 무사지, 실상을 따지고 보면 자살부대였다.

선두에 서는 만큼 집중 표적이 될 것이다.

"그대들의 역할이 얼마만큼 어려운지는 말하지 않아도 알 것이다. 또한 생명을 보장할 수 없음도."

괜히 입바른 소리는 하지 않았다.

이들 역시 그 사실을 알고 있었다. 철사정이 해줄 수 있는 것은 손수 한 잔씩 따라준 술과 진실된 말뿐이었다.

"그러나 그대들의 이름은 영원히 남을 것이다."

"예."

"가라."

철사정은 손을 들었다. 그때 배화교의 부교주이자 홍일점인 단연경이 나섰다.

"제가 이끌 수 있도록 해주십시오."

"그대가?"

뜻밖의 제안에 철사정의 두 눈에 놀라운 기색이 비춰졌다.

처음 무림맹과 맞부딪쳤을 때 적지 않은 공을 세운 그녀였다. 실력은 확실히 인정받았지만 굳이 나설 필요가 없었다. 혹시라도 단연경이 당할 경우 아군의 사기에 커다란 영향을 미칠 수 있었다.

하지만 반대로 말할 경우 엄청난 이득이 될 수도 있었다. 단연경 정도의 고수가 길을 뚫으며 나아갈 경우 일이 훨씬 쉬워질 수도 있으니. 분명 양날의 검이기는 하지만 그만큼 달콤한 유혹이었다.

"…크흠."

철사정은 고심하는 눈치였다. 그때 단연경이 호기로운 목소리로 외쳤다.

"믿어주십시오, 련주님."

철사정은 뒤에 서 있는 배화교주이자 단연경의 직속상관인 막리추를 쳐다보았다.

막리추 역시 철사정과 마찬가지로 적지 않게 당황한 눈치였다. 하지만 이내 무겁게 고개를 끄덕였다. 단연경의 황소고집을 알고 있었기 때문이다.

"허락한다."

"감사합니다!"

승낙이 떨어지자 단연경의 얼굴에 화색이 돌았다. 그러나 막리추는 마음이 놓이지 않는지 기어코 한마디 당부를 건넸다.

"조심하거라."

"걱정 마십시오, 교주님."

단연경은 예를 표시하며 몸을 돌려 일백의 무사들을 바라보았다.

"가자!"

그들은 어떠한 구호도 붙이지 않은 채 검집을 바닥 한쪽에 모아두고는 걸음을 옮기기 시작했다.

검을 생명처럼 여기는 무사가 검집을 놓고 간다는 것은 그만큼 결연한 의지를 가졌음을 보여주는 것이다.

양옆으로 곧게 늘어선 사도련의 병사들이 창을 든 채 그들을 바라보았다. 어쩌면 다시는 못 보게 될지도 모르는 전우들이었다.

단연경은 길게 숨을 고르며 요동치는 심장을 진정시켰다. 그리고 시선을 무림맹의 진영으로 고정시켰다.

'마즈다여, 저에겐 영광된 승리를 주시옵고 적에겐 철퇴를 내려주시옵소서.'

마지막으로 자신들의 신, 아수라 마즈다를 향해 짧은 기도를 올린 단연경이 검을 치켜들며 외쳤다.

"돌격!"

짧고 큰 외침과 동시에 단연경이 앞으로 튀어나갔다. 그 뒤를 일백의 무사가 뒤따랐다.

그리고 반대편에서 그 모습을 바라보고 있던 청수 진인 역시 검을 치켜들며 돌격 명령을 내렸다.

"한 놈도 남기지 마라!"

"와아—!"

무림맹 측에서는 일백오십에 이르는 선봉대가 마주 달려나왔다. 그곳에는 얼마 전 단연경의 손에 제자를 잃은 곤륜파 장문인 도엽이 포함되어 있었다.

얼마 지나지 않아 도엽의 눈에 단연경이 보였다. 순간 그의 눈에 불이 튀었다.
"복수를 하리라!"
도엽은 노기에 찬 목소리로 외치며 단연경을 향해 달려들었다. 순간 그 모습을 발견한 사도련의 무사들이 앞을 막아섰다.
"조무래기들은 비켜라!"
짜증스런 외침과 함께 도엽이 검을 휘둘렀다.
쾅!
그와 동시에 앞서 달려오던 세 명의 무사들이 칸으로 잘려 흩어졌다. 단연경의 입가에 자조적인 미소가 머금어졌다. 도엽의 얼굴을 기억해 낸 것이다.
"누군가 했더니, 요전번에 도망친 분이군요!"
"요망한 년!"
도엽의 얼굴이 붉어졌다. 의도한 바는 아니지만 결과적으로 자신은 도망쳤고, 제자인 일청이 죽었다.
부끄러운 마음도 잠시, 그녀에 대한 복수심이 더욱 불타오른 도엽이 강맹한 일장을 출수했다.
쾅! 하는 소리와 함께 화염이 치솟았다. 하지만 단연경은 도엽의 공격을 피함과 동시에 소매를 세차게 흔들었다.
쉬쉬식!
순간 소매 안쪽에서 네 자루의 단검이 쏟아져 나왔다.
"우웃!"
도엽이 화들짝 놀라며 검을 휘둘러 단검을 쳐냈다.
우웅! 우웅!
내기가 실린 단검 때문인지 도엽의 검이 격하게 울렸다. 단연경은 그 틈을 놓치지 않았다.

피웅!

두 사람이 한순간 겹쳐졌다 떨어졌다.

도엽은 아무것도 없는 정면을 바라본 채 서 있었다. 그것은 단연경 역시 마찬가지였다.

하지만 두 사람 모두 땅 쪽으로 늘어뜨린 검끝에 핏방울이 맺혀 있었다.

뚝… 뚝…….

핏방울이 바닥에 떨어짐과 동시에 두 사람의 몸이 휘청거렸다.

"크윽……."

먼저 무릎을 꿇은 쪽은 단연경이었다. 그녀의 가슴팍에는 대각선으로 긴 검상이 새겨져 있었다.

하지만 도엽 역시 좋은 상태는 아니었다. 그의 경우는 오른쪽 옆구리부터 배꼽 근처까지 긴 검상을 입었다.

"과, 과연……."

도엽은 양손으로 복부를 꼭 움켜쥐며 힘겹게 말문을 열었다. 생각보다 상처가 깊어 장기가 바깥으로 흘러내릴 위험이 있었다.

'대, 대단하군.'

상대방에 대한 감탄은 단연경도 마찬가지로 느끼고 있었다. 사실 그녀는 예전의 싸움 이후로 도엽을 약간이나마 낮춰보았었다. 하지만 막상 제대로 맞부딪치고 보니 최소 자신과 동일한 수준의 고수였다.

하지만 그것도 잠시.

지금 이곳은 전장이다. 상대방을 죽여야 살 수 있고, 또한 승리할 수 있는 곳이다.

도엽은 상처 부위에 진기를 불어넣어 급한 대로 응급처치를 취했다. 그리고 검을 움켜쥐었다.

누군가 죽어야 끝을 볼 수 있다. 그것이 진리다.
"준비되었는가?"
도엽의 말에 단연경이 고개를 끄덕이며 검을 곧추세웠다.
"이번 공격으로 끝을 보도록 하지요."
"좋소."
도엽은 고개를 끄덕이며 검을 허리 뒤로 당겼다. 발검 자세였다. 그것은 단연경 역시 마찬가지였다.
슈각! 슈가각!
다시 한 번 둘의 신형이 겹쳤다가 떨어졌다. 그리고 잠시 후.
풀썩. 풀썩.
도엽과 단연경 두 사람이 모두 쓰러졌다.
곤륜파의 장문인과 배화교의 부교주. 무림에 이름 높은 두 고수의 죽음이었다.
"부교주님이 전사하셨다!"
"장문께서 돌아가셨다!"
아무리 정예 무사들이라 하더라도 지휘관이 전사한 이상 여파가 미치는 것은 당연한 수순이었다.
그때 양쪽 진영에서 북소리가 들리더니 단번에 병사들이 밀려 나왔다. 이제는 무조건 전면전이다.
순수하게 부딪쳐 승기를 점하는 쪽이 이기는 것이다.
"우와아—!"
명교와 사도련, 십만에 가까운 두 거대 무림연합 대군이 부딪쳤다.
투학!
순식간에 사방으로 피가 솟으며 비명성이 사방에서 터져 나왔다.

"찾았다."

순간 눈을 감고 있던 무영의 눈이 크게 떠졌다. 그런 모습에 소령이 눈을 동그랗게 뜨며 물었다.

"어디?"

"저곳."

무영이 가리킨 곳은 무림맹 본진 쪽이었다.

그는 천천히 몸을 일으켰다. 염무학은 그 모습을 바라보며 걱정스러운 표정으로 말했다.

"조심하거라."

"걱정 마십시오."

무영은 슬며시 미소를 지으며 이번에는 소령 쪽으로 고개를 돌렸다.

"영감님 잘 지키고 있어."

"걱정 마."

"그럼 다녀오마."

무영은 미소를 지으며 몸을 날렸다.

슈슉!

바람을 가른 무영은 어느새 무림맹의 본진 안에 서 있었다. 다행히 안은 한산했다. 그럴 수밖에 없었다. 거의 모든 인원이 사도련과의 전투에 투입되었기 때문이다.

'괜히 골치 아파질 일은 없겠군.'

무영은 안도하며 천천히, 그러나 혹시 모를 돌발 상황을 대비해 조심스럽게 걸음을 옮겼다.

'점점 기척이 명확해져 간다.'

다행히 방향을 잘못 잡은 것 같지는 않다. 걸음을 옮길수록 기척이 또렷해졌다.

그렇게 얼마나 걸었을까.

무영의 시선이 한쪽으로 고정되었다. 단상 위에 앉아 있는 병약한 인상의 사내를 발견했다.

아마도 그가 염무학이 말한 운비일 것이다.

단상 위에는 운비 이외에도 낯익은 한 명이 앉아 있었다. 바로 현 무림맹주인 청수 진인이었다.

예전 암살을 시도하다가 무현으로 인해 실패를 했었다.

"골치 아프군."

청수 진인은 예정에 없던 자다. 비록 과거에는 암살을 시도했었지만 말이다.

하지만 일이 풀리려는 것일까. 갑작스레 청수 진인이 몸을 일으키더니 휘하에 호위무사들을 이끌고 어디론가 사라졌다.

이제 단상에 남은 것은 운비를 비롯한 다섯 명의 호위무사들뿐.

'좋아.'

무영은 혀를 내밀어 마른 입술을 적셨다.

다섯 명 정도야 우습다. 문제는 운비다.

그를 가장 먼저 처리해야 한다. 나머지는 그 후라도 늦지 않다.

"좋아."

무영은 내공을 극성을 끌어올리며 단번에 단상 위를 향해 뛰어들었다. 운비의 얼굴이 보였다.

'응?'

하지만 뭔가가 이상하다. 기습을 당했음에도 그 여유로운 표정이라니.

순간 떠나기 전 염무학이 해줬던 운비에 관한 말이 생각났다. 그는 일랑 무리의 두뇌라는.

'앗차!'

순간 머리털이 쭈뼛 곤두섰다. 그리고 든 생각은 한 가지. 함정이라는 것이다.

"예상대로군."

운비는 히죽 웃으며 손을 들었다. 그 순간 단상 바닥에서 수백 발의 화살이 솟구쳐 올라왔다.

너무나 갑작스러운 상황. 무영은 내력을 끌어올렸다.

티티티티팅!

화살은 무영의 몸 주위로 펼쳐진 호신강기에 막혀 튕겨 나갔다. 겨우 한숨을 돌린 무영의 노기가 폭발했다.

"네 이놈!"

무영이 크게 외치며 운비를 향해 수직으로 낙하했다. 하지만 이번에도 운비의 얼굴은 여유로웠다.

"잡아라!"

갑작스런 외침과 함께 어디론가 갔다고 생각한 청수 진인이 이쪽을 향해 달려왔다. 그리고 수백의 무사들이 청수 진인을 뒤따르고 있었다. 언뜻 보아도 족히 삼백은 되어 보이는 수.

"제기랄, 이런 생각이었나?"

무영은 욕설을 내뱉으며 검을 휘둘렀다.

슈가각!

검광이 번뜩임과 동시에 선두에서 달려오던 다섯 명의 무사들이 반으로 잘려 흩어졌다.

척!

땅바닥에 내려앉은 무영은 운비를 찾았다. 어느새 운비는 청수 진인과 더불어 삼백여 무사들 안으로 숨어들어 있었다.

뿌득!

막아서는 자는 죽인다.

무영은 이를 으득 갈며 뛰기 시작했다.

슈가각!

일검이 휘둘러짐과 동시에 십수 명의 무사들이 피를 뿜으며 널브러졌다. 무영은 거침없이 일직선으로 달리며 앞을 막아서는 모든 것들을 베어 넘겼다.

아무리 숫자가 많다 한들 양 떼가 한 마리의 맹수를 이길 수는 없는 법. 삼백에 이르렀던 수는 불과 삼십여 명 내외로 줄어 있었다.

주춤.

청수 진인을 비롯해 남은 삼십의 무사들은 무영이 한 걸음을 옮길 적마다 뒤로 물러섰다.

인간 같지 않은 무력에 질릴 대로 질린 상태였다. 그들의 가치관으로는 도저히 상상할 수 없었다.

더욱이 그들의 안색을 더욱 어둡게 만든 것은 무영이 숨 한 점 흐트러지지 않았다는 사실이다.

"덤벼라."

무영은 검을 들지 않은 다른 손가락을 까닥이며 도발했다. 하지만 덤벼들 리가 없다.

보다 못한 청수 진인이 재촉했지만 좀처럼 발걸음을 떨어뜨리지 못했다.

자신의 목숨보다 소중한 것은 없는 법이니까.

"살고 싶은가?"

"……."

아무런 대답도 하지 않는다. 아니, 못한다는 말이 맞는 표현이었다.

무영은 허탈한 웃음을 흘리며 청수 진인을 바라보았다.

수하들만큼은 아니었지만 놀람의 강도는 같았다. 단지 겉으로 표현하지 못할 뿐.
 이번에 무영의 시선이 닿은 곳은 청수 진인 옆에 서 있는 운비였다.
 "나와라."
 무영의 말에 운비는 딱딱하게 굳은 표정으로 입을 다물고 있었다. 아까의 그 여유로움은 온데간데없이 사라진 상태였다.
 이건 자신의 상상을 훨씬 뛰어넘는 강함이 아닌가.
 "안 나오나? 그러면······."
 무영의 몸이 갑작스레 그 자리에서 사라졌다. 순간적으로 무영을 시선에서 놓친 모든 이들이 눈을 크게 치켜떴다.
 "내가 왔다."
 어느새 무영은 운비의 앞에서 말을 끝맺고 있었다. 운비가 헛바람을 삼키며 뒤로 몸을 날렸다.
 그와 동시에 무영의 일장이 운비가 있었던 자리에 작렬했다.
 쾅! 하는 소리와 함께 꽤 큰 폭발이 일어났다.
 "노, 놀랐······."
 운비가 놀라움을 표출할 새도 없이 한줄기 혈광이 그의 목을 노리고 날아들어 왔다.
 "우왓!"
 운비는 다급한 김에 땅바닥을 구르며 공격을 피했다. 무림인들이 가장 수치스러워한다는 나려타곤이었다. 하지만 죽느냐 사느냐의 갈림길인데 그깟 체면이 무에 소용이 있겠는가.
 "흐음······?"
 무영은 히죽 웃으며 옷이 흙먼지로 뒤덮인 운비를 바라보았다. 그리고 한마디 해주는 것도 잊지 않았다.

"어울리는군."

뿌득!

운비가 이를 으득 갈았다. 하지만 이내 냉정을 찾는 모습이다. 도발시키려는 무영의 의도를 알기 때문이었다.

"처음 뵙게 되어 반갑소. 운비라 하오."

운비는 무슨 생각인지 깍듯이 예를 취하며 자신을 소개했다. 무영은 꼴같잖다는 표정으로 입을 열었다.

"난 하나도 반갑지가 않다."

퉁명스런 말에 운비가 피식 웃었다.

"비틀린 사람이로군."

"…그런 소리는 많이 들어봤지."

무영은 자조적인 미소를 지었다. 하지만 이런 식으로 시간을 보내고 싶은 마음은 없었다. 무영은 무림맹의 수하들에게 도발하던 식으로 손을 까닥였다.

"덤벼."

"싫소만."

운비는 간단히 고개를 내저었다. 승부가 뻔한 싸움이었다. 괜한 호기로 목숨을 자초할 필요는 없다.

"운비님!"

그때 둘 사이로 청수 진인이 끼어들었다. 무영은 눈살을 찌푸렸다.

"나와라."

"네 이놈!"

청수 진인은 크게 외치며 검을 곧추세웠다.

"예전에도 날 죽이려 하더니 포기를 모르는 놈이로구나!"

무영은 허탈한 웃음을 지었다. 착각도 유분수다. 예전에 그를 죽이려

하기는 했지만 지금은 아니다.
"아무래도 다음에 뵈어야 할 것 같습니다."
"에?"
청수 진인이 언뜻 이해가 안 되었는지 고개를 갸웃거렸다. 순간 무영이 손을 뻗었다.
"멈춰!"
하지만 가만있을 청수 진인이 아니었다. 그는 일시에 장력을 펼쳐 무영의 움직임을 봉쇄했다. 운비는 그 틈을 놓치지 않고 몸을 날렸다.
"도망칠 수 있을 것 같나!"
이대로 놓칠 수는 없었다. 더욱이 지금 정도라면 충분히 따라잡을 수 있다. 하지만 연이어 날아들어 오는 청수 진인의 공격에 놓쳐 버리고 말았다.
"아……."
무영은 허탈성을 흘리며 운비가 사라진 허공 쪽을 바라보았다.
"죽어라!"
그사이를 놓치지 않고 청수 진인이 무영을 향해 검기를 날렸다.
"큭!"
무영은 입술을 꽉 깨물며 거세게 소매를 휘둘렀다. 그와 함께 검기가 허공에서 흩어졌다.
"아니!"
청수 진인은 자신의 공격이 맥없이 흩어지자 당황한 모습이었다. 하지만 이내 침착하게 공격 자세를 잡았다.
"이 자식!"
무영은 청수 진인을 향해 눈을 부라렸다. 그만 아니었어도 죽일 수 있었다.

"네놈만 아니었더라도."

무영이 이를 갈았다. 그때 저쪽에서 또다시 수백 명의 사람들이 몰려오고 있었다. 하지만 무슨 소용인가.

무영은 재빨리 손가락을 튕겼다. 순식간에 탄지공이 청수 진인을 향해 날아갔다.

"탓!"

청수 진인은 황급히 크게 기합성을 터뜨렸다.

퉁! 하는 소리와 함께 무영의 탄지공이 청수 진인의 호신강기에 튕겨 나갔다. 하지만 뒤이어 다른 공격이 그를 기다리고 있었다.

무영은 일시에 속도를 극성으로 끌어올려 청수 진인을 지나쳐 나갔다.

"쿠루룩……."

청수 진인이 목에서 무언가 끓는 소리가 흘러나왔다.

짤그랑.

손에 들려 있던 검이 땅바닥에 떨어졌다.

청수 진인의 목에 가느다란 실선이 생겼다. 이윽고 배어나온 피가 옷깃을 적셨다.

무영은 그 모습을 바라보며 미소를 지었다. 그리고 단번에 몸을 날려 청수 진인의 머리를 발로 후려쳤다.

툭! 데구루루…….

청수 진인의 목이 몸과 분리되어 바닥을 굴렀다.

"후우."

무영이 한숨을 내쉬었다.

"으아악!"

이내 사방에서 병사들의 비명 소리가 들리기 시작했다. 그제야 청수 진인이 죽은 것을 깨달은 것이다.

'이쯤에서 빠져야겠군.'

무영은 재빠르게 판단을 끝내고 몸을 날렸다.

그리고 잠시 후 무림맹 쪽에서 철수를 알리는 북이 울렸다.

갑작스런 상황에 한참 사도련과 질펀하게 전투를 버리던 무림맹의 병사들이 어쩔 줄 몰라 했다.

결국 그 싸움에서 무림맹은 일만에 이르는 사상자를 내고서야 진영으로 철수할 수 있었다.

참패였다.

제47장

끝맺음

끝맺음

"맹주님!"

무림맹은 초상집이었다. 그럴 수밖에 없었다. 무림맹주인 청수 진인의 죽음. 그들에게는 엄청난 충격일 수밖에 없었다.

이 믿을 수 없는 상황에 어떤 이는 넋을 잃었고, 또 다른 이는 하염없이 울부짖었다.

"아미타불……."

부맹주인 소림의 원각 대사는 연신 아미타불이라 중얼거리며 눈을 감고 있었다.

'어찌해야 할 것인가.'

원각 대사는 감고 있던 눈을 뜨고는 주위를 바라보았다. 대다수 수뇌부들은 입을 꽉 다물고 있었다. 최대한 감정을 억누르고 있지만 한계가 있다.

"모두 들어보시오."

원각 대사의 한마디에 모든 이들의 시선이 집중되었다. 그는 가볍게 한숨을 내쉬며 말문을 열었다.

"맹주님의 갑작스런 죽음이 슬픈 것은 알겠소만 지금은 그럴 때가 아니오."

"……."

"이렇게 된 바, 일단은 철군을 하려 하는데……."

철군이란 소리가 나오자 주변이 술렁거리기 시작했다. 그리고 잠시 후 사천당문의 문주인 당월기가 나섰다.

"그것은 아니 될 말씀이외다! 패배자가 될 수는 없소."

"맹주님을 시해한 흉수를 찾아 복수도 해야 하오!"

이윽고 당월기의 목소리는 다른 이들에게 전염되듯 퍼져 나갔다. 악에 받친 그들로서는 당연한 반응이었다.

그것을 아니 원각 대사로서도 더는 뭐라 하지 못한 채 한숨을 푹푹 내쉴 수밖에 없었다.

"그것은 안 될 소리."

그때 한줄기 위엄 어린 목소리가 막사 바깥쪽에서 들려왔다. 이윽고 막사 안쪽으로 한 사람이 들어왔다.

순간 원각 대사를 비롯한 막사 안에 자리잡고 있던 모든 이들의 눈이 크게 치켜떠졌다.

"검제?"

그는 바로 검제 남궁민이었다.

원각 대사의 말이 끝나기가 무섭게 모든 이들이 예를 표시했다. 그럴 수밖에 없었다. 검제 남궁민은 정파 쪽에서는 가장 연배가 높은 어르신이었다.

남궁민이 어색하게 웃으며 말문을 열었다.

"모두 미안하네. 조금 늦었군."

의지할 만한 이가 와서일까. 비로소 원각 대사의 얼굴에 슬픔이 배어 나왔다.

"…너무 늦으셨습니다. 맹주가… 맹주가……."

남궁민은 무겁게 고개를 끄덕였다.

"이미 오는 길에 들었네."

"그러셨습니까?"

"이제 어찌하려는가?"

"…그것을 아직 정하지 못했습니다."

원각 대사는 고개를 떨궜다. 현재 철군과 총력전, 두 의견이 맞서고 있었다.

"흐음……."

남궁민은 침음성을 흘렸다. 분위기로도 지금의 상황을 예상할 수 있었다.

"총력전을 펼쳐 봤자 결국 지게 될 것이야. 그만큼 구심점을 잃었다는 것은 중요하네."

두 사람의 대화를 듣고 있던 당월기가 나섰다.

"저희는 이곳에서 뼈를 묻을 결심을 했습니다."

"어리석다!"

순간 남궁민이 두 눈에 쌍심지를 켜고 외쳤다. 그 목소리가 어찌나 위압스러웠는지 막사 안의 모든 이들이 몸을 움찔거릴 정도였다.

"패할 것이 뻔한 싸움을 하려 하다니! 정신들이 있는 건가, 없는 건가? 싸움에 있어 이길 때가 있다면 질 때도 있는 법. 어찌들 근시안적으로 보려고만 하는가?"

"……."

준엄한 책망에 사람들이 입을 다물었다. 남궁민의 말이 결코 틀리지 않았기 때문이다. 현재 그들은 청수 진인의 죽음으로 잠시 이성을 잃어버린 상태였다.

"물론 나 역시 분하고 슬픈 마음은 마찬가지네. 하지만 무엇보다 지금 중요한 것은 살아남는 것이네. 그래야 치욕을 되갚아줄 것이 아닌가. 내 말이 틀린가?"

"…맞습니다."

당월기가 고개를 떨구며 힘없는 어조로 대답했다.

남궁민은 엄한 표정을 풀고 한결 부드러워진 표정으로 그들을 다독였다.

"일단 이번에는 이 늙은이의 말을 들어주게."

"…하지만 철군이 쉬운 것은 아닙니다. 사도련이 곱게 보내주려 하겠습니까?"

원각 대사의 말에 남궁민은 고개를 끄덕였다. 그것은 당연한 말이었다.

"걱정 말게."

"예?"

"가주."

"부르셨습니까?"

남궁민의 말이 끝나기가 무섭게 막사 안으로 현 가주인 남궁문이 걸어 들어왔다.

"준비는 되셨소?"

"예."

남궁민은 가볍게 고개를 끄덕이며 원각 대사를 바라보았다.

"걱정 마시고 준비를 서두르시오."

이해할 수 없는 말이었다. 원각 대사를 비롯한 막사 안의 모든 이들은 눈을 끔벅였다.

"그것이 정말인가?"
사도련주 철사정은 고개를 갸웃거리며 앞에 있는 부관에게 물었다.
"확실합니다. 지금 무림맹은 초상집입니다."
철사정의 눈이 가늘게 빛났다.
"호오······."
청수 진인의 죽음.
어제 무림맹이 갑작스레 철수한 이유를 알 수 있었다.
'그렇다면······.'
이것은 기회였다.
더욱이 그들은 무림맹주라는 구심점까지 잃어버린 상태였다. 단번에 휘몰아친다면 대승을 거둘 수 있다.
"모두들 출진 준비를 서둘러라."
철사정의 말에 모든 이들이 부복하며 명령을 받들었다. 철사정의 주먹이 꽉 쥐어졌다.
'드디어!'
무림일통을 이룰 수 있게 되었다.
한편 그 시각, 공우는 심각한 표정으로 전장을 살피며 침음성을 삼켰다.
어제 무영에게 대략적인 이야기는 들었다.
"그렇다면, 오늘 둘 중 한곳은 사단이 나겠구나."
무영은 무겁게 고개를 끄덕였다.
"아무래도 그렇게 되겠지요."

"어찌할 거냐?"

"어쩌긴요."

무영은 피식 웃었다. 이렇게까지 된 마당에 무엇을 할 수 있단 말인가. 더욱이 황군 쪽도 일단락되었고, 명교와 사도련 쪽에서의 일도 처리가 된 셈이었다. 좀 이상하게 일이 진행되기는 했지만.

"더 이상 우리가 끼어들 필요는 없다고 생각합니다."

"…그렇기야 하겠지."

공우는 무겁게 고개를 끄덕이며 다시금 전장 쪽으로 시선을 주었다. 왠지 마음이 무거운 표정이었다.

"철군하기 시작했습니다."

정보원의 보고에 철사정이 검을 치켜들었다.

"전군 출진!"

"우와아!"

순간 사도련의 모든 병사들이 뛰어나갔다.

두두두!

지축이 울리는 소리였다. 수만에 이르는 사도련의 군사들이 철군을 시작한 무림맹 쪽을 향해 내달리기 시작했다.

"한 놈도 살려두지 마라!"

커다란 외침에 사도련 병사들의 표정이 더욱 살벌하게 굳어졌다. 그 순간이었다. 무림맹 쪽에서 한 무리의 병사들이 걸어나왔다. 그리고 그 중앙에 한 노인이 서 있었다.

중후한 기도를 가진 청수한 인상의 노인.

순간 뒤에서 앞쪽을 바라보던 철사정의 눈이 크게 떠졌다. 그가 누구인지 알아챘기 때문이다.

"저, 저자는 설마……."

그는 바로 검제 남궁민이었다. 그리고 그 휘하에 이백에 이르는 정예 무사들이 자리잡고 있었다.

남궁세가의 가주인 남궁문은 옆에서 검을 꼬나든 채 당당히 서 있는 남궁민을 바라보며 말문을 열었다.

"옵니다."

"그렇군."

남궁민은 가볍게 고개를 끄덕이며 남궁문에게 물었다.

"가주, 겁나시오?"

남궁문은 피식 웃었다.

"그럴 리가 있겠습니까?"

"죽을 수도 있소이다."

"어차피 모든 사람은 죽습니다."

남궁민은 부드러운 미소를 지었다. 좋은 마음가짐이다.

'자식 농사는 잘 지었구나.'

그간 자신의 자식이 아닌 남궁세가를 이끄는 가주로서 대해왔다. 그런데 왜일까, 갑작스레 이런 생각이 든 것은.

'늙기는 늙었어, 나도.'

괜스레 실없는 웃음이 지어졌다. 하지만 이렇듯 감상에 젖어 있을 틈이 없다. 지금은 수만에 이르는 사도련을 막아내야 하는 중대한 임무를 띠고 있다.

고작 이백에 불과한 인원으로 무림맹이 철군할 동안 시간을 벌어야 한다. 누구라도 어이없다 생각할 것이다.

"가주와 나, 그리고 이들… 정신이 나간 것 같지 않소?"

남궁민의 말에 남궁문이 피식 웃으며 고개를 끄덕였다.

"아니라고 말씀은 못 드리겠습니다."

"하지만 가끔 이런 이들도 필요한 법이외다."

남궁문은 피식 웃었다. 남궁민은 뒤에 도열하고 있는 이백의 정예 검수들을 바라보며 말문을 열었다.

"죽음을 두려워하지 말라. 우리는 죽지만 결국 승리자는 우리가 될 것이다."

부르르.

남궁세가에서 공들여 키워온 정예 검수 이백 명이 일시에 검을 뽑아들었다.

남궁민은 흡족한 미소를 지었다. 그리고 자신의 아들을 바라보며 말문을 열었다.

"가자, 아들아."

"예?"

남궁문은 얼떨떨한 표정이었다. 남궁민은 피식 웃으며 아들의 어깨를 툭 쳐주었다.

"한 번쯤… 이렇게 불러보고 싶었다."

"아버님."

"만약… 살아남게 되면… 아버지와 아들로서 술 한 잔 하자꾸나."

"약속하신 겁니다."

남궁민은 피식 웃으며 몸을 날렸다.

부우웅!

허리 뒤로 당겨진 검끝에 맺힌 푸른 기운.

타핫!

남궁민의 검이 앞으로 휘둘려져 나오며 거대한 검기가 광폭하게 사도련 쪽을 향해 휘몰아쳐 갔다.

"피해!"

선두에서 달려오던 병사가 화들짝 놀라며 고개를 숙였다. 그와 동시에 그 위로 검기가 뻗어나갔다.

슈가가각!

공기가 찢어지는 날카로운 소리와 함께 전방에서 달려오던 병사 수십 명의 허리가 한순간에 잘렸다.

뒤이은 공격은 남궁문을 비롯한 이백의 검수들의 몫이었다.

"돌격!"

남궁문의 외침과 함께 검수들이 지체없이 검을 꼬나들며 적진 안으로 짓쳐 들어갔다.

슈가각! 챙! 푸악!

여기저기에서 검의 예기와 함께 피가 튀어 오르기 시작했다. 남궁세가에서 공들여 키운 이백의 정예 검수들은 하나하나가 일당백의 고수들이었다.

"둘러싸! 모두 둘러……!"

사도련의 백부장이 다급하게 외쳤다. 하지만 채 말을 끝맺지도 못한 채 목이 날아갔다.

남궁문의 쾌검이었다. 그는 차근차근 백부장 급 이상의 지휘관들을 찾아 목을 날렸다.

청수 진인 한 명의 죽음으로 무림맹의 지휘 체계가 붕괴되었듯, 사도련 역시 마찬가지다.

"아버님!"

남궁문은 자신의 옆으로 달려들던 병사를 베어 넘기며 외쳤다. 남궁민은 고개를 끄덕이며 다시금 내력을 끌어올려 검끝에 집중시켰다.

쾅!

극도로 응축된 검기가 적진 한복판에 떨어져 무시무시한 폭발을 일으켰다.

"흐읍!"

남궁민은 숨을 크게 들이키며 호흡을 멈췄다. 그리고 순간적으로 치달으며 좌우에 포진한 모든 것들을 베었다.

후두둑!

여기저기서 피가 튀며 수십 명이 바닥으로 나동그라졌다. 남궁민의 검은 깔끔하고 정확했다.

일례로 직접 검을 휘두른 경우 시신들의 상태가 상당히 깔끔했다. 모두 미간 한가운데에 자그만 검상이 나 있을 따름이었다.

한 번의 공격으로 한 명의 생명을 거둔다. 실로 한 시대를 풍미한 절대고수다운 무위였다.

하지만 그도 사람이었다. 시간이 지남에 따라 점차 지쳐 갈 수밖에 없었다.

그것은 남궁문을 비롯한 휘하에 많은 검수들도 마찬가지였다.

남궁문의 몸 이곳저곳에 상처가 늘어갔고, 검수들은 벌써 삼십여 명이나 죽은 상태였다. 그럼에도 꿋꿋이 버텨나가고 있었다.

'어디?'

남궁민은 무림맹의 진영 쪽을 힐끗 바라보았다. 철군을 시작한 모양이었다.

'느려.'

답답한 마음이었다. 하지만 실상 따지고 보자면 상당히 빠른 움직임이었다. 엄청난 숫자가 움직이는 것이지 않은가.

"헉… 헉……."

어쩔 수 없다. 조금 더 버텨내야만 할 것 같다.

"죽어라!"

그때 사방에서 창이 찔러 들어왔다. 잠시 다른 쪽으로 생각이 기운 틈을 노린 것이다.

'아차!'

남궁민은 심장이 덜컥 내려앉는 것 같은 느낌이었다. 또한 자신의 경솔함을 원망했다.

고도의 집중력을 유지해도 모자를 판이건만.

'피할 수가 없다.'

남궁민은 입술을 베어 물었다. 그때였다.

푸아악!

한순간 사방에서 공격해 들어오던 적들이 모두 피를 뿜으며 뒤로 벌러덩 넘어졌다.

"아직 미숙하구만."

그리고 들려오는 낯익은 목소리. 남궁민은 이리저리 고개를 돌렸다. 하지만 자신을 구해준 이는 보이지 않는다.

그런 모습에 성난 목소리가 들려왔다.

"밑이다."

그제야 비로소 남궁민이 고개를 아래쪽으로 내렸다.

그곳에는 팔짱을 낀 무영이 서 있었다.

"어? 자네……?"

무영은 한쪽 눈을 찡긋거리며 말했다.

"이깟 조무래기들을 상대로 뭐 하는 짓이지?"

"그러는 자네야말로 여기는 웬일인가?"

"일이 있어서."

무영은 짐짓 아무렇지도 않은 표정으로 대답했다. 하지만 속마음은 그리 편하지가 못했다. 그럴 수밖에 없었다.
 청수 진인을 죽인 것은 자신이었다.
 얼굴을 들 낯이 없었지만 남궁민의 위기를 그냥 넘길 수도 없는 노릇이었다.
 어쩔 수 없는 선택이었다.
 "하아… 그건 그렇다 치고, 자네 여전히 무모하군."
 "하하……."
 무영의 책망 어린 어조에 남궁민이 씁쓸한 미소를 지었다.
 "뭐, 그런 점이 마음에 든 것이기는 하지만."
 무영은 어깨를 으쓱였다. 그리고 어느새 두 사람을 둘러싼 대인원을 바라보며 한차례 소매를 휘저었다.
 뿌각!
 순간 십수 명의 사람들이 피를 뿜으며 쓰러졌다.
 "나중에 술 한 잔 거하게 대접해."
 "이를 말인가."
 무영은 피식 웃으며 몸을 날려 사람들 사이로 파고들었다. 이윽고 피가 튀며 사람들이 이리저리 몰리기 시작했다. 무영이 본격적으로 움직였다는 증거였다.
 남궁민은 그 모습을 바라보며 빙그레 웃었다. 그리고 뒤에서 찔러 들어오는 창병을 일검에 베었다.
 "좋군. 좋아."
 한결 마음이 든든해졌다. 무영이 옆에서 버텨준다면 무서울 것이 없다. 그만큼 무영이 가진 무위를 믿었다.
 "나도 질 수는 없지."
 남궁민 역시 몸을 날렸다.

한편 반대편에서 그 모습을 바라보던 철사정은 발을 동동 굴렀다. 한창 기세 좋게 밀고 나가던 병사들이 어느 한곳에서 멈춰 있었기 때문이다. 더욱이 진형이 어지러워진 모양새다. 그 이유는 단 한 가지였다.

"검제······."

으드득!

이가 갈렸다. 검제가 이끌고 온 얼마 되지 않는 병사 때문에 이토록 지체가 되다니.

철사정은 들판 저편으로 시선을 돌렸다. 어느사 무림맹은 저 멀리까지 가 있었다.

자칫하다가는 정말 놓칠 수도 있을 것 같다.

'어쩔 수 없군.'

"군사를 세 갈래로 나눠라."

한쪽은 검제를 막는다 치더라도 두 갈래의 군사가 남는다. 그들이면 지휘관을 잃어 오합지졸인 무림맹을 치는 데 충분하리라 판단을 내렸다.

이윽고 명이 하달되더니, 군사들이 급속하게 세 갈래로 나뉘어졌다.

"이런!"

남궁민은 당황한 목소리로 외쳤다. 그런 모습에 무영이 입술을 살짝 깨물었다.

몸을 빼낼 수가 없다. 지금의 상황이라면 남궁민이 위험할 수 있었기 때문이다.

"제길."

욕설이 절로 흘러나왔다. 하지만 별다른 수가 보이질 않았다. 눈앞이 깜깜해졌다.

그때였다.

끝맺음 183

두두두두!

갑자기 거대한 수의 말발굽 소리가 들렸다. 순간 사도련의 병사들을 비롯해 남궁민도 공격을 멈췄다.

그리고 잠시 후 들판 한 편에서 엄청난 수의 군사들이 모습을 드러냈다.

무영은 고개를 갸웃거리며 안력을 돋웠다.

"명교?"

거대한 깃발에는 명교라는 글자가 또렷이 박혀 있었다.

"명교? 그들이 왜?"

무영은 의아한 표정으로 중얼거렸다.

두두두두!

명교의 교도들이 힘차게 말을 달리더니 들판 한가운데를 가로질러 멈춰 섰다.

쫓는 사도련과 쫓기는 무림맹 사이로 거대한 강이 생긴 것과 같은 형상이었다.

"이, 이게 무슨?"

남궁민과 남궁문은 지금의 상황을 쉽사리 이해하지 못한 듯 연신 고개를 갸웃거렸다.

"히이익!"

사도련의 병사들은 자신들을 위압적인 눈빛으로 내려다보는 명교의 교도들을 바라보며 침을 꼴깍 삼켰다.

"태상교주 납시오!"

이윽고 들려온 외침. 하지만 사도련의 군사들이 받은 충격은 대단했다.

그것은 남궁민 역시 마찬가지였다.

"명교의 태상교주라면 설마……?"

"오래간만이오, 검제."

이윽고 군사들의 가운데로 노인 한 명과 청년이 걸어나왔다. 바로 도제 연오랑과 그의 손주인 연교휘였다.

"도제……."

남궁민은 씁쓸한 표정을 지으며 말끝을 흐렸다. 평생에 대적. 하지만 둘이 직접 맞붙은 적은 없다.

검을 씀에 있어 적수가 없는 남궁민에게 검제라는 별호가, 도를 씀에 있어 적수가 없는 연오랑에게 도제란 별호가 자연스럽게 붙었다.

모든 이들은 궁금해했다. 검과 도, 둘 중 누가 더 우위인가.

그리고 지금 이곳에서 정과 사를 대표하는 두 영웅이 마주쳤다.

"뵙고 싶었소이다."

"저 역시……."

여유로운 연오랑에 비해 남궁민은 돌 씹은 얼굴로 말끝을 흐렸다. 그럴 수밖에 없는 것이, 명교는 엄연히 예전 사도련의 주축이었기 때문이다. 비록 탈퇴했다고는 하지만 아직도 사도련에 미치는 영향력이 엄청난 만큼 다시 가입한다 하더라도 이상할 것이 없었다.

남궁민은 그것을 염려하고 있는 것이다. 지금 상황에서 명교까지 합세한다면 무림맹은 말 그대로 전멸할 수밖에 없었다.

'좋지 않군…….'

쉽사리 입 밖으로 낼 수가 없었다.

불안한 마음에 입술이 미미하게 떨리고 있었다.

뿌드득.

검을 쥔 손에 힘이 들어갔다. 여차하면 눈앞에 있는 연오랑의 목을 날려서라도 막아야 한다.

연오랑은 부드럽게 미소를 지었다. 그때 무영이 이쪽으로 걸어오며 말문을 열었다.

"이곳에는 왜 왔지?"

무영의 물음에 연오랑이 짐짓 서운한 얼굴로 말문을 열었다.

"왜 말도 없이 떠나셨소이까?"

"후……."

무영은 가볍게 한숨을 내쉬더니 이번에는 연교휘 쪽으로 시선을 주었다.

"질긴 놈."

"하하, 내가 원래 좀 그렇지."

연교휘는 피식 웃었다. 그리고 남궁민을 바라보며 공손히 예를 취했다.

"연교휘라고 합니다."

"내 손주 녀석이오."

연오랑은 연교휘의 어깨를 다독이며 소개했다. 자부심이 묻어나오는 어조였다.

남궁민은 고개를 끄덕이는 한편, 내심 진심으로 감탄했다. 언뜻 보기에도 엄청난 고수였다. 최소 남궁민 자신이나 도제와 비슷한 수준.

'아니라면 그 이상의……?'

절로 한숨이 흘러나왔다.

'도제의 손주가 천재라는 소문은 들었지만 그마저도 잘못된 소리였군. 두려울 정도라니…….'

남궁민은 침을 꿀꺽 삼켰다.

하지만 마음을 다잡았다. 지금 중요한 것은 연교휘가 아니다. 명교의 의도였다.

조심스럽게 의중을 물어보려던 찰나 다행인지, 무영이 먼저 말문을 열었다.

"여기는 웬일이지?"

무영의 물음에 연오랑은 짧게 웃었다.

"우리 명교는 더 이상의 살생을 원하지 않소. 더욱이 의도된 대로 움직인 것이라면 더욱 사양이지."

뜻밖의 말에 남궁민의 얼굴이 환하게 펴졌다.

무영은 그런 남궁민을 바라보다가 말문을 열었다.

"여어."

"무영."

남궁민은 쓴웃음을 지었다.

"그대가 간 후 많은 생각을 했었네. 결국 내린 결론이야."

"잘 생각했어."

남궁민은 피식 웃었다. 연오랑은 그 모습을 바라보다가 물었다.

"두 분이 원래 알던 사이요?"

남궁민은 고개를 끄덕였다.

"좀 오래되었지요."

"흐음… 그렇군."

연오랑은 고개를 끄덕였다. 그리고 연교휘를 바라보며 명했다.

"네가 사도련주를 만나보고 오너라."

"예."

연교휘는 한 치의 망설임도 없이 예를 표하더니 단번에 몸을 날렸다.

무영은 그 모습을 바라보다가 연오랑에게 물었다.

"같이 가보는 게 어때?"

"원래 늦게 등장하는 것이 더 폼이 나지 않겠습니까?"

능청스런 연오랑의 말에 무영은 한숨을 내쉬며 고개를 내저었다.

철사정은 자신들을 향해 내달려 오는 연교휘를 보며 눈살을 찌푸렸다. 총관이 허리를 반쯤 숙이며 물어왔다.
"어찌할까요?"
"뭘 어찌할 수 있겠는가? 일단 무슨 소리인지 들어보기나 하자꾸나."
"명을 받들겠습니다."
총관은 재빨리 바깥으로 나가더니 연교휘를 맞아 데리고 들어왔다.
철사정은 짐짓 근엄한 표정으로 바라보았다. 연교휘는 공손히 예를 취했다.
"그간 안녕하셨습니까?"
철사정은 연교휘를 본 적이 있었다. 그나마도 어렸을 때지만 워낙에 특이한 외모라 알아볼 수 있었다.
하지만 인사는 고개를 가볍게 끄덕여 주는 것으로 족하다. 한시도 지체할 틈이 없었기 때문에 바로 본론으로 들어갔다.
"무슨 일인가?"
"태상교주께서는 무의미한 싸움을 멈추길 바라고 계십니다."
"불가."
철사정은 단호한 어조로 대답했다. 그것은 아니 될 말이다. 승리가 바로 눈앞에 있건만.
"태상교주의 뜻입니다."
"…끄응."
침음성이 흘러나왔다. 머리 한 편이 지끈거렸다. 솔직히 말하자면 명교가 왜 이러는지 모른다. 하지만 태상교주라는 말 한마디에 가슴 한켠이 답답해졌다.

"공멸로 갈 수 있습니다."

"웃기는 소리! 자네는 눈이 없나? 우리가 다 이긴 싸움일세."

웅성웅성!

그때 갑자기 사람들이 소란스러워지기 시작했다. 그리고 뒤이어 도제 연오랑이 모습을 드러냈다.

철사정은 벌떡 몸을 일으켰다.

"도, 도제를 뵙니다."

아무리 사도련의 련주인 철사정이라 한들 사파의 최고 어르신인 연오랑을 함부로 대할 수는 없었다.

연오랑은 가볍게 미소를 머금은 채 고개를 끄덕였다.

"오래간만일세."

"그, 그간 안녕하셨습니까?"

"자네도 잘 지냈는가?"

"예."

철사정은 식은땀을 흘리며 고개를 숙였다. 눈을 마주칠 수가 없었다. 너무도 거대한 그의 기도 때문이었다.

"자네… 지금 참으로 어리석은 짓을 하고 있다는 것을 알고 있나?"

"……."

철사정은 제대로 대답조차 하지 못했다.

연교휘는 철사정의 기운이 한층 꺾인 듯하자 재빨리 말문을 이어나갔다.

"사도련과 무림맹의 싸움은 적의 노림수입니다. 그것을 아십니까?"

"…그게 무슨 소린가? 노림수라니?"

철사정은 눈을 동그랗게 떴다.

연교휘는 한숨을 내쉬었다.

"련주께서 누군가의 사주를 받은 것을 알고 있습니다."
순간 철사정의 얼굴에 미미한 변화가 일어났다. 하지만 그 틈을 놓칠 연교휘가 아니었다.
"또한 무림맹 역시 련주와 마찬가지지요."
그리고 연오랑을 바라보았다. 말해도 되겠냐는 뜻이었다.
"말하거라."
"예."
연교휘는 예를 표시한 후 그간의 일을 말하기 시작했다. 물론 무영과 그들의 진실된 정체는 배제한 채였다. 인간이 갖는 추악한 욕망을 염려했기 때문이다.
그렇게 긴 이야기가 끝났을 무렵, 철사정은 식은땀을 닦고 있었다.
"믿을 수가 없다."
"저 역시 처음에는 그랬습니다."
"…크읔……."
철사정은 침음성을 흘렸다. 얼굴에 깃든 의구심으로 보아 아직까지 온전히 다 믿는 눈치는 아니었다.
연오랑은 눈을 번뜩이며 말했다.
"난 그런 구차한 설명은 하지 않겠네. 지금도 무림맹을 칠 생각인가?"
"……."
"만약 치겠다면 우리 명교부터 넘어야 할 것이야."
일방적인 선포였다. 연교휘 역시 놀랄 정도였으니 말이다. 하지만 연오랑은 당당한 표정으로 고개를 살짝 치켜들었다.
"어찌하겠는가? 지금 바로 결정하게."
"……."
철사정은 한참 동안 고심을 하더니 힘없는 목소리로 대답했다.

"…어르신의 말씀을 따르겠습니다. 그리고 한 가지."
"무엇인가?"
"지금 나온 말이 정말 사실입니까?"
연오랑은 고개를 끄덕였다.
"내 이름을 걸어도 좋네."
철사정은 고개를 푹 떨궜다.

"휴우."
연오랑이 철사정과의 이야기를 끝낸 뒤 명교 쪽으로 돌아올 때였다. 연교휘가 연오랑의 얼굴을 물끄러미 바라보았다.
"무슨 할 말이 있느냐?"
시선을 느낀 연오랑이 물었다. 그제야 연교휘가 조심스러운 어조로 말문을 열었다.
"뭔가 확신이 있으셨습니까?"
"무엇을 말이더냐?"
"사도련주가 응할 것이라는… 확신을 말씀드리는 겁니다."
연오랑은 피식 웃었다.
"글쎄다… 솔직히 말하자면 반반이었지."
무책임한 대답에 연교휘는 고개를 설레설레 저었다.
"좋은 게 좋은 것 아니겠느냐?"
"…예."
연교휘는 뚱한 어조로 대답했다. 연오랑은 연교휘의 어깨에 손을 얹으며 말했다.
"논리 정연하게 따지고 드는 것도 좋지만, 단순한 것이 더 나을 때도 있단다. 너무 머리로만 판단하고 움직이려 들지 말거라."

연교휘는 머쓱한 표정을 지었다. 아직까지 쉽사리 마음에 와 닿지 않았기 때문이다.

"제기랄!"
일랑은 길가에 구르고 있는 돌멩이를 발로 짓밟으며 크게 외쳤다. 순간 저잣거리를 지나치던 사람들의 시선이 일랑 쪽으로 집중되었다.
하지만 일랑은 개의치 않았다. 아니, 할 수가 없었다.
주체할 수 없을 만큼 노기가 치솟았기 때문이다.
"요, 용서를……."
운비는 길바닥에 꿇어앉은 채로 식은땀을 뻘뻘 흘리고 있었다.
방금 전까지만 하더라도 거친 숨을 몰아쉬며 씩씩거리던 일랑의 표정이 차갑게 굳어졌다.
그는 한숨을 내쉬더니 미간을 손가락으로 짓눌렀다.
숨 막힐 듯한 침묵이 운비를 더욱더 불안하게 만들고 있었다.
그렇게 얼마나 지났을까.
"모든 안배가 실패로 돌아갔군. 큭큭……."
씁쓸한 웃음이 흘러나왔다.
허탈하다. 그토록 심혈을 기울였던 모든 것이 한순간에 수포로 돌아갔다.
처음에 생각해 보자면 매우 사소한 것이었다. 지인.
그녀 한 명으로부터 모든 것이 시작되었다. 명교가 살아남았고, 양패구상 하리라 생각했던 무림맹과 사도련 역시 철군했다.
또한 수하들이 죽어나갔다. 무현은 아직 소식이 없고, 소화의 경우에는 아무런 쓸모가 없다. 또한 소요는 무현의 사람이다. 더욱이 그 셋은 지금 자취를 감춘 상태였다.

일하는 사람에게 듣기로는 소요가 모두 이끌고 나갔다고 들었다.
이제 온전히 남은 수하는 운비가 유일하다.
"무언가 다른 안배가 있는가?"
"……."
운비는 쉽사리 대답하지 못했다. 일랑은 허탈한 미소를 지을 수밖에 없었다.
그렇게 잠시간의 시간이 흐른 후 운비가 말문을 열었다.
"이제는 일랑님의 무를 중심으로 가야 합니다."
'허탈하기 그지없는 이야기로군.'
하지만 그것 이외에는 답이 없다.
"다른 수는… 당연히 없겠지?"
"…예."
일랑은 무겁게 고개를 끄덕일 수밖에 없었다.
생각은 짧았다. 하지만 결론은 빨리 내려졌다. 마음이 한결 가벼워졌다.
이제는 복잡하게 생각할 필요가 없다. 권력을 줄 필요도, 무언가를 잴 것도 없다.
오로지 한 가지.
"무영……."
그와 모든 것을 끝맺는다.
죽느냐, 사느냐.
'시험해 보겠다.'
무영을 죽이느냐, 아니면 죽임을 당하느냐.
일단 다른 일은 그 뒤에 미뤄도 늦지 않는다.
"운비."

"예."

"무헌을 찾아라. 바로."

"예."

운비는 명을 받든 뒤 몸을 날렸다. 일랑은 그 모습을 바라보다가 뒷짐을 쥐며 걸음을 옮기기 시작했다.

그리고 이내 사람들 틈 속으로 사라졌다.

제48장
싸움

싸움

사람은 망각의 동물이다.

모든 이들이 수군거릴 만큼 큰 사건이었던 이차 정사대전이 끝난 지 육 개월이 지났다.

과거의 일.

그리고 잊혀진 사건이다.

하지만 몇몇 이들에게는 그렇지가 못했다.

무현은 강가에 멍하니 서 있었다. 언제나 똑같은 일상.

"이곳에 계셨군요?"

그때 들려온 소리에 고개를 돌려보니 소요였다. 무현은 무뚝뚝한 표정으로 고개를 끄덕였다.

"왔나?"

"예."

소요는 무현의 옆에 섰다. 그리고 강가를 바라보며 말문을 열었다.
"식사 준비가 끝났습니다."
"…그래."
무현은 묵묵히 고개를 끄덕이며 걸음을 옮기기 시작했다.
거리 외곽에 자리잡은 장원. 그곳이 현재 무현이 살고 있는 곳이었다.
커다랗게 솟은 벽. 그곳의 문을 지나자 미로와 같은 길이 자리잡고 있었다. 그리고 그마저도 지나며 바로 보이는 것은 멋들어진 태호석(중국의 호수 중 하나인 태호에서 건진 암석)이다.
태호석을 지나치자마자 나오는 것은 잘 가꾸어진 정원과 연못이었다.
"오셨습니까?"
일꾼들이 무현과 소요를 보자 깍듯이 인사를 올렸다.
"수고들 하시는군요."
무뚝뚝한 표정의 무현과는 다르게 소요는 부드러운 미소를 지으며 인사를 받아주었다. 그리고 주위를 살폈다. 이내 연못가에 서 있는 소화와 백리현을 발견하고는 그쪽으로 걸음을 옮겼다.
"다녀왔어요."
소요의 인사에 소화가 미소를 지으며 맞이했다. 예전에 비해 한결 밝아진 인상이었다.
"다녀오셨어요? 식사 준비가 다 되었어요."
"그러면 같이하도록 하지요."
소요는 미소를 지으며 식사가 마련된 전각으로 이동했다.
식사는 단출하면서도 정갈하게 차려져 있었다. 무현은 젓가락을 들어 음식을 집어 들었다. 그제야 세 여인들도 식사를 시작했다.
소요는 만족스러운 미소를 지으며 음식이 담긴 그릇을 무현 쪽으로 밀어주었다.

그날 저녁.

소요는 잠시 주저하다가 문을 두드렸다.

똑똑.

"누구?"

방 안쪽에서 들려온 물음에 소요가 침을 삼키며 말문을 열었다.

"소요입니다."

"들어와."

끼이익.

소요는 조심스럽게 방문을 열고 안쪽으로 들어갔다. 무현은 의자에 앉아 책을 들여다보고 있었다.

"책을 보고 계셨나요?"

"응."

무현은 무뚝뚝한 표정으로 고개를 끄덕였다. 소요는 빙그레 웃으며 침상 쪽으로 다가가 단정히 개켜져 있는 이불을 폈다.

"침소를 준비해 놨습니다."

"그래."

무현은 책을 덮은 뒤 침상으로 가 누웠다. 소요는 이불을 덮어준 뒤 공손히 예를 취했다.

"편히 주무세요."

"그래."

"가보겠습니다."

소요가 뒷걸음질로 문을 나서려던 순간이었다. 문득 누워 있던 무현이 입을 열었다.

"소요."

"예?"

갑작스러운 부름에 소요가 고개를 돌렸다. 무현은 가볍게 한숨을 내쉬었다.

"아직 아무런 소식이 없나?"

"무슨……"

"일랑. 자취를 감춘 지 육 개월이 지났어."

소요는 짐짓 굳은 얼굴로 고개를 내저었다.

"예, 아무런 소식도 없습니다."

"…그렇군."

"그런데 그건 왜……"

"아무것도 아니야. 그저 궁금했을 뿐."

무현은 말끝을 흐렸다. 그리고 소요를 바라보았다.

"잘 자렴."

무현은 손을 내저으며 돌아누웠다.

"그만 나가봐."

그 모습을 바라보는 소요의 눈가에 눈물이 맺혔.

방을 나선 소요는 문가에 기대 하늘을 올려다보았다. 마음 한구석이 찡하니 울려왔다.

"처음이야."

무현이 소요에게 그런 말을 해준 것은 처음이었다.

그는 조금씩 변해가고 있었다. 분명히 예전과는 다르다.

소요의 입가에 환한 미소가 머금어졌다. 왠지 오늘 저녁은 제대로 잠을 못 이룰 것 같은 느낌이었다.

뚜벅! 뚜벅!

소요가 정원을 따라 걸었다. 발걸음은 경쾌했고 그녀의 입가에 머금어져 있는 미소는 지워지지 않았다.

이 순간이 영원히 지속되었으면 하는 바람이었다.

하지만.

"응?"

갑작스레 소요의 눈이 가늘어졌다.

휙!

고개가 한쪽으로 돌아갔다. 왠지 모를 불길한 기분이 느껴졌기 때문이다.

'뭐지?'

소요는 고개를 갸웃거렸다. 그때, 저 멀리서 일꾼이 헐레벌떡 뛰어왔다.

"주, 주인님!"

"무슨 일이지요?"

"괴한이… 괴한이……!"

"괴한?"

소요가 주먹을 움켜쥐었다. 그리고 그 순간 커다란 한쪽 벽이 굉음을 지르며 허물어졌다.

뚜벅… 뚜벅.

모락모락 피어오른 흙먼지 속에서 발걸음 소리가 들려왔다. 소요는 침을 꿀꺽 삼켰다.

"좋은 집이다."

그리고 들려온 낯익은 목소리. 소요의 안색이 하얗게 질렸다.

"소요, 오래간만이지?"

이윽고 먼지를 뚫고 일랑이 걸어나왔다.

"마, 말도 안……."

"말이 안 되기는… 이렇게 눈앞에 있잖아?"

일랑은 비릿한 미소를 지었다. 소요는 뒤로 주춤거리며 물러섰다.

"건방진 것들… 감히 나에게서 벗어나려고 들어?"

"그, 그건……."

"내가 찾지 못할 줄 알았나?"

그리고 두리번거리며 주위를 살피더니 물었다.

"무현도 이곳에 있나?"

순간 소요의 눈이 가늘어졌다. 그런 모습에 일랑은 피식 웃었다.

"있군. 저긴가?"

일랑이 가리킨 곳은 정확했다. 소요는 일랑의 앞을 막아섰다.

"못 갑니다."

"호오."

"제발 저희들을 놔두세요."

절실함마저 묻어나오는 어조였다. 일랑은 히죽 웃었다.

"그렇게 못하겠다면?"

"…막을 겁니다."

"호오… 과연?"

"타앗!"

순간 소요가 쌍장을 출수했다.

"건방진."

일랑은 여유롭게 양 소매를 휘둘렀다. 그와 동시에 소요의 공격이 허공에서 흩어지듯 소멸되었다.

소요는 뒤로 물러서며 일랑과 거리를 벌렸다.

'역시 역부족이야.'

일랑에게 일반적인 공격은 무용지물이다. 더욱이 그와 소요의 기량 차이가 현격한 바에야 어떠한 공격이든 통할 리가 없다.

"이런이런… 조금도 발전하지 않았군."

깔보는 듯한 어조에도 뭐라 대답을 할 수가 없었다. 부정할 수 없는 사실이었기 때문이다.

"주인님!"

그때 집 안의 모든 남자 일꾼들이 횃불을 들고 달려왔다. 일랑은 그 모습을 바라보며 히죽 웃었다.

"많이도 들여놓았군."

"모두 도망쳐요!"

말투에 풍긴 불길함에 소요가 다급히 소리쳤다. 하지만 절실한 외침에도 불구하고 일랑의 손짓 한 번에 일꾼들이 피를 뿜으며 바닥에 쓰러졌다.

눈 한 번 깜박일 정도의 짧은 시간 동안 수십 명의 사람을 죽이고도 일랑의 표정은 평온하기만 했다.

"이렇게까지 해야 했나요?"

"시끄러운 것들은 딱 질색이라."

일랑은 고개를 끄덕이더니 땅을 박찼다. 어느새 소요의 눈앞까지 다가온 일랑은 소요를 내려보며 말했다.

"또 도망쳐 봐, 몇 번이라도 찾아줄 테니까."

주륵.

소요의 볼을 타고 한줄기 눈물이 흘러내렸다. 공포심과 절망감에 몸이 떨렸다.

일랑은 짐짓 손등으로 소요의 눈에 맺힌 눈물을 닦아주며 말했다.

"이제 돌아올 생각이 생겼나?"

"아니."

그때 들려온 목소리. 일랑의 입꼬리가 말려 올라갔다. 어느새 처소에서 나온 무현이었다.

"오래간만이군. 반가워."

일랑은 능청스러운 얼굴로 무현에게 웃어 보였다.

"소요, 이리 와."

무현은 일랑을 무시하며 소요에게 말했다. 그녀는 단번에 무현의 뒤로 몸을 피하며 바들바들 떨었다.

무현은 소요를 한차례 바라본 후 일랑에게 시선을 돌렸다.

"날 찾으러 왔나?"

"그래."

무현의 일랑을 노려보다가 고개를 내저었다.

"이제 난 너에게 돌아가지 않아."

"누구 마음대로?"

일랑은 히죽 웃으며 무현을 향해 천천히 다가왔다.

"아아… 그 늙은 계집 때문인가?"

"입 닥쳐."

지인에 관한 이야기가 나오자 무현의 어조가 살기를 머금었다. 하지만 일랑은 멈추지 않았다.

"내가 아픈 곳을 찌른 건가?"

"입 닥치라고 했지!"

슈가각!

고함과 함께 무현의 몸에서 뿜어져 나온 내기가 공기를 갈랐다.

"재미있군."

일랑은 피식 웃으며 땅을 내리찍었다. 순간 돌로 된 바닥의 부서지며 밑에 깔려 있던 흙이 공중으로 튀어 올랐다.

파바박!

내기와 흙이 맞부딪치며 휘몰아쳤다.

"너, 이 새끼!"

무현은 일랑을 향해 달려들며 검을 휘둘렀다. 하지만 일랑은 그마저도 손쉽게 피해냈다. 그리고 히죽 웃으며 손을 뻗어 무현의 옷소매를 잡아챘다.

"아차!"

무현의 눈이 크게 치켜떠졌다. 그제야 자신이 너무 흥분했다는 사실을 깨달았지만 이미 늦었다.

"병신."

일랑은 짧게 중얼거리며 무현을 그대로 바닥에 메다꽂았다.

콰드득! 하는 소리와 함께 무현은 머리부터 바닥에 들이박혔다.

"끄으윽……."

무현은 신음성을 흘리며 몸을 일으키려 애썼다. 하지만 보이는 것은 차가운 미소를 지으며 발을 들고 있는 일랑이었다.

"넌 아직 이용가치가 있어."

그 말이 끝남과 동시에 일랑의 발이 무현의 가슴 한복판을 내리찍었다.

"크억!"

짧은 비명성과 함께 무현이 피를 왈칵 토해냈다.

그리고 잠시 후 몇 차례 몸을 떨다가 축 늘어졌다. 정신을 잃은 것이다.

"죽엇!"

그 모습을 보다 못한 소요가 앙칼지게 고함을 지르며 일랑을 향해 달려들었다.

"어리석긴."

일랑은 여유롭게 피하며 소요의 목을 잡았다.

"커억……."

소요는 몸을 버둥거렸지만 일랑의 손아귀에서 벗어날 수 없었다. 시간이 흐름에 따라 그녀의 얼굴에 핏기가 사라졌다. 그리고 저항 역시 눈에 띄게 줄어들었다.

조금씩 의식이 흐려지는 가운데, 일랑의 목소리가 꿈결처럼 들렸다.

"무영을 찾아서 데려와."

그리고 소요는 정신을 잃었다.

얼마나 시간이 지났을까.

"흐읍!"

소요는 격하게 숨을 들이마시며 상체를 일으켰다.

"하악… 하악……!"

숨이 가빠왔다. 그녀는 몇 차례 마른기침을 토하다가 황급히 주위를 두리번거렸다.

"아아……."

무너진 벽과 죽은 수십 명의 일꾼들이 보였다.

주륵.

눈물이 흘러내렸다. 꿈이길 바랐건만 현실은 잔혹했다.

"흑……."

소요는 정신 나간 사람마냥 펑펑 울었다.

그렇게 시간이 지남에 따라 울음이 조금씩 잦아들었다. 언제까지 울고만 있을 수는 없다고 생각했기 때문이다.

이래 봤자 무엇 하나 나아지는 것은 없다. 도리어 마음만 더욱 무거워질 뿐.

스윽.

소요는 소매로 눈가를 닦고 몸을 일으켰다.

"흑… 흐흑!"

그와 동시에 어디선가 흐느끼는 소리가 들려왔다. 소요는 지체없이 그곳으로 몸을 날렸다.

반파된 처소는 소화와 백리현이 묵는 곳이었다.

"누구 있어요?"

소요의 부름에 흐느끼는 소리가 딱 멈췄다. 소요는 조심스럽게 걸음을 옮겼다. 그리고 서로를 부여안고 있는 소화와 백리현을 발견할 수 있었다.

"하아… 무사했군요."

소요는 한결 풀어진 얼굴로 다가갔다.

"이를 어떻게 해요. 흑!"

소화와 백리현은 공포에 질린 얼굴로 하염없이 눈물을 흘리고 있었다. 소요는 마음을 다잡으며 소화와 백리현을 다독였다.

소요는 반파된 집을 바라보다가 백리현을 향해 말했다.

"당신… 돌아가요."

"예?"

갑작스런 제안에 백리현이 눈을 동그랗게 떴다. 소요는 쓰게 웃었다.

"오늘 일랑이 당신을 데려가지 않은 것으로 확실해졌어요."

"무슨 뜻이지요?"

"굳이 말하자면… 이제 당신은 이용가치가 없다는 것이지요."

"……."

"그동안 쭉 생각해 왔고, 주저해 왔지만 더 이상 당신이 낄 필요는 없다는 판단이 들어요."

"이대로 가라고요?"

소요는 무겁게 고개를 끄덕였다.

"그동안 미안했어요. 용서해 달란 말은 하지 않겠지만."

"나 역시 용서하고픈 생각은 눈곱만큼도 없어요."

백리현은 억누른 어조로 대답했다. 소요는 그 모습을 바라보며 팔짱을 끼었다.

"하지만 한 가지만큼은 약속해 줬으면 해요."

"뭔가요?"

"우리에 관한 일은 일체 비밀로 붙일 것."

"아! 걱정 말아요."

백리현은 비틀린 표정으로 고개를 끄덕였다. 소요는 그 모습을 바라보며 고개를 설레설레 저었다. 그리고 이번에는 소화에게 시선을 주었다.

"그리고 너는."

"저요?"

"먼저 미안하다는 말을 하고 싶어. 어찌 되었든 간에 우리와 같은 몸을 가진 동족이 되었으니 같이 갈 수밖에 없어."

"…알아요."

소화는 고개를 떨구며 대답했다. 그런 모습에 백리현이 잠시 주저하는 빛을 띠다가 말했다.

"소화도 내가 데려가면 되잖아요."

"에?"

뜻밖의 제안에 소화는 멍한 표정이었다. 처음에는 서로를 가장 어색하게 느꼈으나 시간이 지남에 따라 마음의 문을 연 둘이었다.

시비 출신인 소화의 성격 때문에 불화도 있었지만 지금에 와서는 둘도 없는 친구가 되었다.

하지만 소요는 무겁게 고개를 저었다.

"그것은 곤란하군요."

"왜요. 어차피 소화는 당신에게 도움이 될 수가 없음을 알잖아요?"

다급해진 백리현이 말했다. 하지만 소요는 요지부동이었다.

"그녀는 엄연히 당신과 살아가는 시간이 틀려요. 당신이 죽을 때까지 소화는 지금 이대로의 모습일 겁니다."

"……."

말문이 막혀왔다. 소요의 말에는 틀린 것이 없었다. 잔혹하지만 그것이 현실이었다.

"당신은 이해한다 쳐요. 하지만 다른 이들은요?"

"그, 그건……."

백리현이 말을 더듬다가 고개를 떨궜다. 소요는 품에서 가죽 주머니를 꺼내 건네주었다.

"이거면 절강까지 마차를 얻을 수 있을 거예요. 그리고 다시 한 번 강조하지만, 우리에 대해서는 잊도록 하세요."

그 말을 끝으로 소요는 소화를 잡고 몸을 날렸다.

백리현은 멍하니 그 모습을 바라보았다. 그리고 이내 참았던 눈물을 왈칵 쏟았다.

집으로 돌아갈 수 있다는 안도감. 그리고 서운함.

복잡한 감정에 혼란스러웠다.

소요는 힐끗 고개를 아래쪽으로 떨궜다. 조금씩 멀어지는 집, 그리고 울고 있는 백리현의 모습이 보였다.

육 개월의 짧은 평화가 덧없이 끝나 버렸다.

소요는 마음을 다잡는 의미로 고개를 세차게 가로저었다.
'무영님.'
그를 찾아야 한다. 그것도 최대한 빨리.

"꺄아악!"
여인이 비명을 지르며 바닥에 주저앉았다. 그리고 치맛자락을 두 손으로 꽉 짓누른 채 눈물을 흘리고 있었다.
무영은 그 모습을 바라보다가 옆 쪽으로 시선을 돌렸다. 맞은편에 앉아 창밖을 바라보며 웃고 있는 염무학이 보였다.
"그만 좀 해요."
책망 어린 말에 염무학이 도리어 이해를 못하겠다는 표정으로 반문했다.
"또 왜 그러느냐?"
"불쌍하지도 않습니까?"
염무학은 피식 웃으며 손가락을 좌우를 흔들었다.
"그것은 모르는 소리다."
"뭐가 또 모르는 소리란 말입니까?"
"나는 혹시 모를 상황에 대비해 허공섭물에 대한 훈련을 게을리 하지 않는 것이지."
너무도 능청스러운 대답이었다. 무영은 졌다는 표정으로 한숨을 내쉬었다. 그러자 무영의 옆에 찰싹 달라붙어 있던 소령이 음식을 손가락으로 집어 무영의 입에 가져다 대었다.
"영아, 아~"
"너도 좀 그만 해."
"뭐가?"

소령은 뾰로통한 표정으로 투덜거렸다. 그 모습을 바라보는 무영의 표정이 구겨졌다.

"정말이지 긴장감이라고는 한 점도 없는 인간들 같으니. 내가 상대를 말아야지."

"꺄아악!"

그때 또다시 길거리를 지나던 한 여인이 비명을 질렀다. 무영은 손으로 얼굴을 감싸 쥐고 고개를 설레설레 저었다.

현재 무영 일행이 있는 곳은 명교였다. 육 개월 전 정사대전이 끝난 뒤부터 지금까지 이곳에서 머물고 있었다.

연오랑이나 연교휘가 선뜻 거처를 마련해 주었기 때문이다. 딱히 갈 곳이 없었던 세 사람은 그 제안을 받아들였다.

염무학은 무영이 별다른 반응을 보이지 않자 재미가 없어졌는지 뚱한 표정으로 음식을 먹는 데 집중하기 시작했다. 무영은 그 모습을 바라보다가 말문을 열었다.

"일랑이 자취를 감춘 지 얼마나 됐지?"

"육 개월 정도 되었군요."

염무학의 표정이 심각해졌다. 그는 턱 주위를 매만졌다. 자신이 아는 일랑은 이렇게 일을 끝낼 위인이 아니었다. 그는 과감한 반면, 참을성이 많은 자다.

폭풍 전야라는 생각을 지울 수가 없었다.

"무슨 생각을 그리하십니까?"

소령의 물음에 염무학은 자신이 생각하고 있는 바를 말했다. 무영은 가볍게 고개를 끄덕였다.

"그렇지요. 이렇게 끝날 리가 없습니다. 분명 무언가를 준비하고 있겠지요."

분명 무영과의 마지막 일전을 준비하고 있을 것이다.
"하지만 답답하군요."
"조급해하지는 말거라."
무영은 피식 웃었다.
"그렇지는 않아요. 나름대로 생각하고 있는 바도 있고."
소령이 눈을 동그랗게 뜨며 물어왔다.
"무엇을?"
무영은 조심스럽게 말문을 열었다.
"솔직히 말해. 일랑과 어느 정도 수준까지는 맞붙을 수 있어. 하지만 결국에는 내가 져. 그것은 부정할 순 없지. 하지만 그를 죽일 수 없냐고 묻는다면, 또 그렇지는 않아."
"뭔가 어려운 말이네."
"그렇지. 하여튼 지금 그걸 생각하고 있었어. 그리고 영감님."
"응?"
"한 가지 묻고 싶은 것이 있는데, 혹시 아시나 모르겠네요?"
"일단 내가 알고 있는 것이라면 말은 해주겠다."
염무학의 말에 무영은 잠시 고심하다가 말문을 떼었다.
"사람이 극한의 순간에 기이할 정도의 힘을 내는 그런 경우 말입니다. 이를테면 마차 밑에 깔린 아이를 구하기 위해 어머니가 맨손으로 마차를 들어올리거나… 그런 것들 말이지요."
"흐음… 분명 그런 일을 많이 보고 들었지."
무영은 턱가를 매만지며 말을 이어갔다.
"분명 저희들이나 일정 수준에 이른 고수의 경우 평범한 이들보다 집중력이나 힘, 그리고 속도, 모든 면에서 뛰어납니다."
"그렇지."

"하지만 보통 감추어진 힘이지요. 우리에게도 가능하지 않을까 싶은데요."

염무학의 표정은 심각해졌다.

"물론 가능한 이야기임에는 분명하다. 하지만 생각을 해보거라. 무공이란 결국 수련을 통해 사람의 잠재된 힘을 끌어내는 것이란다. 하다 못해 너 정도의 경지에 오른 사람이라면……."

하지만 무영은 그렇게 제한적으로 생각하고 싶지 않았다.

"전 조금 다르게 생각하고 있습니다."

"다르다……."

"사람에 따라 잠재된 힘의 크기가 다르고, 저 같은 경우에는 그만큼 잠재된 힘 역시 범인에 비해 더욱 크지 않을까 하는… 그런 생각이지요. 뭐, 아직은 이론일 뿐이니까요."

염무학은 고개를 저었다. 충분히 타당성이 있는 말이었다.

"한번 생각해 봄직한 문제로구나."

"하지만 한 가지. 제 이론으로 따지면 일랑이 가진 잠재된 힘은 더욱 크다는 소리도 되지요."

무영은 한숨을 내저었다. 복잡한 문제다.

"일단 긍정적으로 생각하기로 했습니다."

"그래."

"그것보다 언제까지 이곳에 계실 겁니까?"

무영의 물음에 염무학은 날이 어두워졌음을 깨달았다.

"그만 숙소로 가봐야겠구나."

무영과 소령, 염무학은 숙소 쪽으로 걸음을 옮겼.

객점을 나서서 잠시 걷자 커다란 집이 보였다. 바로 감미란의 집이었다.

처음에는 연오랑이나 연교휘도 새로운 거처를 마련해 주고자 했지만 감미란의 간곡한 청을 받아들일 수밖에 없었다.

"어서 오십시오, 도련님."

시비들은 앞서 걸어오는 무영을 발견하고는 공손히 예를 취했다. 무영은 익숙한 듯 여유로운 어조로 손을 들어 인사를 받았다.

"영아."

때마침 이쪽으로 걸어오는 감미란과 마주쳤다. 소령은 미소를 짓다가 그녀의 옷차림이 평소와는 다른 것을 깨닫고 물었다.

"어디 가요?"

"아, 오늘은 집회가 있는 날이라."

소령은 고개를 갸웃거리다가 이내 집회가 무엇인지를 깨달았다. 명교는 일주일에 한 번씩 종교 행사가 있고, 일 년에 한 번 명교인 전체가 모이는 커다란 집회가 있었다.

이틀 동안 진행되는 기간 동안 모든 명교인은 빠짐없이 모여 아수라 마즈다에게 기도를 올려야 한다.

"잘 갔다 와요."

"그래."

감미란은 고개를 끄덕이다가 한 편에 서 있는 무영에게 미소를 지어주었다.

"이틀이면 돌아올 거야."

"아아."

무영은 무뚝뚝한 표정으로 고개를 끄덕여 주었다. 그런 모습에 감미란은 피식 웃었다. 처음에는 자신에게 미소를 지어주지 않는 무영의 모습에 서운한 감정도 있었다. 하지만 이제는 익숙해졌다.

"다녀올게."

감미란은 손을 휘저어주며 걸음을 옮겼다.

"하아."

무영은 한숨을 내쉬며 자신의 처소로 돌아와 침상에 누웠다. 그리고 다시금 아까 했던 생각을 이어나갔다.

아무래도 이것에 일랑과 맞상대할 수 있는 단서가 있을 것 같았기 때문이다.

'극한… 극한이라……'

하지만 쉽사리 떠오는 바가 없었다. 무영은 짜증스럽게 머리를 매만지며 눈을 감았다.

그리고 얼마나 시간이 지났을까.

"응?"

무영은 눈을 동그랗게 떴다. 갑작스레 느껴진 기척 때문이었다. 이내 눈가가 가늘어졌다.

'익숙한 기운.'

무영은 옷매무새를 가다듬으며 바깥을 향해 말했다.

"쥐새끼처럼 숨어 있지 말고 들어와."

끼이익.

이윽고 문이 열리며 한 여인이 들어왔다. 그녀는 바로 소요였다.

"오래간만이군."

무영은 적개심이 묻어나오는 어조로 쏘아붙였다.

그런 모습에 소요는 쓸쓸한 미소를 지었다. 저런 반응을 보일 줄 알았다. 각오는 했지만 막상 당하니 마음 한켠이 무거웠다.

"그동안 잘 지내셨어요?"

"뭐, 그렇지."

무영의 말에 소요는 안도의 한숨을 내쉬었다.

"혹시나 하는 마음으로 왔는데… 운이 좋군요."

무영은 다리를 꼬고 앉으며 소요를 뚫어지게 노려보았다.

"본론으로 들어가지. 왜 왔나?"

"그건……."

소요가 막 입을 열 무렵이었다. 갑자기 바깥쪽이 소란스러워졌다.

"영아! 안에 있니?"

"영아."

바깥에서 들려온 소리는 소령과 염무학이었다. 무영은 소요에게서 시선을 떼지 않은 채 말문을 열었다.

"들어와요."

덜컹.

그와 동시에 문이 거칠게 열리며 소령과 염무학이 뛰어들어 왔다. 그리고 소요를 발견하며 눈을 크게 치켜떴다.

"너 뭐야?"

두 사람 다 놀라기는 매한가지였다. 하지만 그보다 소령은 살기까지 띤 목소리로 따지듯 말문을 열었다. 소요는 쓰게 웃으며 손을 내저었다.

"싸우러 온 것이 아닙니다."

"웃기는 소리! 무슨 꿍꿍이야!"

소령은 고압적인 목소리로 외쳤다. 염무학은 소요를 가만히 들여다보다가 길길이 날뛰는 소령을 다독이며 차분한 목소리로 물었다.

"얼굴이 밝지 않군."

"……."

소요는 고개를 떨궜다. 무영은 팔짱을 끼며 천천히 말문을 열었다.

"무슨 일이냐. 들어나 보자."

"영아, 무슨 소리야?"

"소령!"

무영은 짐짓 표정으로 목소리를 높였다. 그 기세에 눌린 소령은 입술을 삐죽이며 투덜거렸다.

"난 단지……."

"일단 가만히 있어봐. 심상치 않아 보인다."

"…알았다 뭐."

소령은 고개를 떨구며 양 손가락을 마주 댔다. 하지만 단단히 삐친 듯 조그만 목소리로 투덜거렸다.

무영은 짐짓 소령을 무시하며 소요에게 시선을 돌렸다.

"무슨 일이지?"

소요는 다급한 표정으로 말했다.

"현님을 구해주세요."

순간 소령과 염무학의 눈이 동그랗게 떠졌다. 특히 무영의 놀람은 그 둘보다 더욱 컸다.

"무, 무슨 소리냐?"

무영의 물음에 소요는 울음기를 머금은 목소리로 그간의 사정을 설명해 주었다.

이윽고 소요의 말이 마무리되었다.

"…그래서 무영님을 찾아온 것입니다."

"크음……."

무영은 침음성을 흘렸다.

"어디로?"

"그, 그것은……."

소요는 말끝을 흐렸다. 무영은 거칠게 머리를 흐트러뜨리며 욕설을 내뱉었다.

"씨발."

씨발이란 말밖에 생각나는 것이 없었다.

그만큼 답답했다.

"그 말에 거짓은 없으렷다?"

일단은 제삼자의 입장인 염무학이 한결 차분한 목소리로 물었다. 소요는 눈물을 글썽이며 고개를 내저었다.

"현님을 가지고 거짓말을 하지는 않습니다."

소령이 콧방귀를 뀌며 쏘아붙였다.

"네가 여태까지 해온 일을 생각해 봐. 쉽사리 믿을 수 있겠는가."

"그만."

무영은 나지막이 말했다. 그리고 소요의 얼굴을 잠시 들여다보았다. 절실함이 묻어나오는 표정.

거짓말을 하는 것 같지 않았다.

"후우, 미치겠군."

문제점이 한두 가지가 아니었다. 무현이 납치당했다. 하지만 어디에 있는지 모른다.

"정보가 필요하다."

무영은 나지막이 중얼거렸다. 소령은 한숨을 내쉬었다.

"그렇지만 어디서?"

무영은 눈가를 빛냈다.

"명교, 그리고 남궁세가."

"아!"

소령은 감탄성을 터뜨렸다. 일정 규모 이상의 문파라면 운영하는 정보 조직이 있다. 하물며 단일 세력으로는 최대를 자랑하는 명교다. 남궁세가 역시 마찬가지다.

게다가 명교와 남궁세가는 무영의 요청을 거절할 리가 없었다.

"영감님."

무영의 말에 염무학은 묵묵히 고개를 끄덕였다.

"쉽지는 않겠지만 해봄직하다."

무영은 고개를 끄덕였다. 쇠뿔도 당김에 빼라고, 무영은 곧바로 몸을 일으켜 방을 나섰다. 그리고 대문을 나섰을 무렵, 문 앞에 쪼그리고 앉아 있는 소화를 발견했다.

"아……."

소화는 무영의 등장에 놀라는 표정이었다. 하지간 이내 표독스럽게 눈을 치켜떴다.

이윽고 뒤따라 나온 소요가 어색한 얼굴로 소화의 어깨를 다독여 주었다.

"같이 왔어요."

"그렇군."

무영은 씁쓸한 표정이었다. 그러다가 백리현에게 생각이 미쳤다. 그녀가 보이지 않았기 때문이다.

"백리현은?"

"그녀는… 집으로 돌려보냈습니다."

"그렇군."

무영은 고개를 끄덕였다. 한결 마음이 놓이는 것 같았다.

"일단 내 방에서 머물고 있도록."

무영은 짧게 말한 후 몸을 날렸다. 지금은 뭐라 말할 틈이 없었기 때문이다.

조금씩 멀어지는 가운데 힐끗 고개를 돌려보았다. 소화가 소요에게 이끌려 집으로 들어가고 있었다.

왠지 입 안이 썼다.

'이런 생각을 할 새가 없어.'

무영은 고개를 내저으며 마음을 다잡았다.

집회 장소를 찾는 것은 어렵지 않았다. 사람이 가장 많이 모여 있는 곳을 찾으면 되었기 때문이다.

하지만 처음부터 앞을 지키고 있는 명교도들이 문제였다.

"집회 중에는 들어갈 수 없… 어어……?"

교도들은 자신을 훌쩍 뛰어넘는 무영을 보며 '어어?' 란 말만 반복할 뿐이었다.

"잡아라!"

뒤에서 다급한 목소리가 들려왔지만 무영은 개의치 않았다. 이윽고 저 멀리 환하게 허공을 밝히고 있는 수천 개의 전등이 보였다. 그리고 그곳에 모여 있는 수많은 인파들이 보였다.

'저기군.'

무영은 입술을 꽉 깨물며 그쪽을 향해 몸을 날렸다.

"저기?"

"뭐야?"

사람들은 위를 지나치는 무영의 모습을 보며 수군거리기 시작했다.

이윽고 무영의 시야에 높은 단상이 보였다. 그는 지체없이 몸을 날려 단상 위로 올라섰다. 그리고 아래쪽을 내려보았다.

의아함, 당혹스러움이 고루 섞인 시선들이 무영에게 집중되었다.

"무영?"

그때 들려온 소리. 단상 바로 밑에서 고개를 쳐들고 있는 연교휘였다. 그리고 그 옆에는 연오랑과 감미란을 비롯한 여러 장로들이 서 있었다.

무영은 안도의 한숨을 내쉬었다.

이런 과격한 방법은 남궁세가에서도 그대로 발휘되었다.

"꼬마야, 넌 누구니?"

남궁세가의 문을 지키는 무사들이 고개를 갸웃거리며 물었다. 무영은 초췌해진 인상으로 숨을 헐떡이며 말했다.

"남궁민 불러."

순간 무사들의 미간이 들썩였다. 마치 아랫사람 부르듯 나온 이는 남궁세가의 영웅이자 정파무림의 영웅인 검제 남궁민이었기 때문이다. 반년 전 이차 정사대전에서 홀로 사도련의 진격을 막아낸 신화적인 인물.

남궁세가의 무사 입장에서 무영은 배은망덕하기 그지없는 놈이었다.

"어디서 입을 함부로 놀리는 게냐!"

무영은 고개를 설레설레 저으며 재촉하듯 다시금 말했다.

"남궁민 불러!"

"어린 녀석이라 할지라도 용서할 수가 없구나!"

결국 무사의 쌍심지가 켜졌다. 무영 역시 짜증이 치솟았다.

"이런 제길!"

처음부터 예의를 따진 것이 잘못이었다. 하던 대로 했어야 한다.

무영은 단번에 몸을 날려 담을 넘었다.

"침입자다!"

당연하겠지만 남궁세가 안이 발칵 뒤집혔다.

명교와 남궁세가에 협주를 구한 뒤, 말 그대로 쏟아지듯 정보가 집중되어 들어왔다.

무영은 자신의 앞에 쌓인 서신들을 보며 한숨을 내쉬었다. 정말이지 엄청난 양이었다.

"휴우."

무영은 한숨을 내쉬며 차근차근 서신을 뜯어보기 시작했다.

서신의 내용은 일랑과 무현의 생김새가 비슷한 자들에 관한 보고들이었다.

"어디 보자… 이건 아니고… 아니고, 아니고… 현아와 닮기는 했지만 언청이는 선천적인 것이니 일단 아니고……."

그렇게 세 시진 정도 봤을 때였다.

"음?"

무영의 시선을 잡아끄는 것이 있었다.

일단 일랑과 무현의 생김새도 비슷했거니와 운비로 추정되는 이도 그려져 있었다.

"이거다."

"응?"

"어디 봐요."

같이 서신을 뒤지던 소령과 소요가 다가와 서신을 들여다보았다.

"맞는 것 같습니다."

소요가 고개를 끄덕였다. 소령 역시 마찬가지였다.

무영은 황급히 장소를 보았다.

북해 빙촌.

무영은 서신을 품에 안으며 바깥으로 걸음을 옮겼다.

"찾았니?"

다른 방에서 서신을 살피던 감미란과 염무학이 물어왔다. 무영은 고개를 끄덕였다.

"북해의 빙촌입니다."

"북해?"

염무학이 고개를 갸웃거렸다. 북해라면 이곳에서 한 달 정도 걸리는 거리다. 더욱이 아직까지 그곳에 있으리란 보장이 없지 않은가.

무영은 묵묵히 고개를 내저었다. 별다른 수가 없었다. 지금 믿을 수 있는 것은 빙촌이라는 것 하나뿐.

"가봐야지요."

그리고 염무학과 소령을 바라보며 말했다.

"나 혼자 간다."

"영아!"

뜻밖의 말에 소령이 목소리를 높였다. 감미란 역시 잔뜩 불안한 눈빛으로 무영을 바라보고 있었다. 하지만 결심은 확고했다.

"더 이상 희생자를 만들 수는 없어. 어차피 나와 그의 문제. 끝을 맺어야 해."

"내가 인정 못해!"

소령은 눈물을 글썽이며 고개를 내저었다. 무영은 피식 웃으며 소령의 양 어깨에 손을 얹었다.

"날 믿지?"

"영이를 믿어… 믿지만……."

"끝까지 믿어봐."

무영은 피식 웃었다. 그때 소요가 앞으로 한 걸음 나섰다.

"같이 가겠습니다."

"……."

"막을 생각은 마세요, 현님을 뵈어야 하니까. 절대 피해가 가지 않도록 하겠어요. 약속해요."

소요는 절실하게 말했다. 무영은 잠시 고심하다가 고개를 끄덕였다.

제49장
삶과 죽음의 경계선

삶과 죽음의 경계선

휘오오!

칼날같이 예리한 바람. 무영과 소요는 몸을 움츠리며 광활하게 펼쳐진 설원을 바라보았다.

"북해."

"드디어 도착했군요."

명교를 떠난 지 한 달.

둘은 북해에 도착했다.

"빙촌은 어디지?"

무영의 물음에 소요는 지도를 들여다보다가 눈살을 찌푸렸다.

"이 근처입니다."

"그렇군."

무영은 고개를 끄덕이며 앞을 바라보았다. 저 멀리 희미하지만 불빛이 보였다.

"마을이군."

"그렇군요. 저곳이 빙촌인 것 같습니다."

무영은 고개를 끄덕이며 일랑이나 무현의 기척이 느껴지는지 살펴보았다. 하지만 없었다.

'하긴… 아직까지 머무르고 있을 리가 없겠지.'

그러리라 생각했지만 맥이 빠졌다. 하지만 어쩌겠는가.

"오늘은 이곳에서 쉬도록 하지."

무영은 옷깃을 세우며 걸음을 옮겼다. 소요는 그 뒤를 따랐다.

마을은 스무 가구 정도가 옹기종기 모여 있었다.

"객점은 없겠군."

"어쩔 수 없지요."

소요는 한숨을 내쉬며 그나마 가장 규모가 커 보이는 집 쪽으로 다가가 문을 두들겼다.

"누구요?"

"죄송합니다. 오늘 하루 묵어갈 수 있을까요?"

소요의 말이 끝나고 잠시 후, 문이 열리며 육십대 정도로 보이는 노인이 얼굴을 내밀었다. 그리고 소요와 무영을 쭉 훑어보더니 군말없이 고개를 끄덕였다.

"누추하지만 들어오슈."

"감사합니다."

소요는 얼굴에 미소를 띤 채 감사를 표시했다.

집 안으로 들어오기가 무섭게 따뜻한 온기가 얼굴에 와 닿았다.

"의자에 앉아 있으시구려. 따뜻한 차라도 내올 테니."

"감사합니다."

소요는 미소를 지었다. 잠시 후 노인이 차를 내왔다. 소요와 무영은 차를 한 모금 마셨다.

속이 따뜻해지며 한숨 돌릴 수 있었다.

노인은 의자에 걸터앉아 소요와 무영을 바라보다가 물었다.

"이런 오지까지는 웬일이시오?"

소요는 무영을 바라보았다. 자신이 말해도 되겠냐는 뜻이었다. 무영은 묵묵히 고개를 끄덕였다.

"찾는 사람이 있습니다."

"그렇구려. 하지만 북해가 좁은 곳이 아닌데……."

"북해의 빙촌이라고 들었습니다만 없는 것 같군요."

노인은 소요를 바라보다가 무영 쪽으로 시선을 돌렸다. 둘 다 이런 곳과는 어울리지 않는 외모였다.

"그건 그렇다 치고 놀랍구려. 어린 자식을 이끌고 북해까지 올 생각을 하다니."

자식이란 말에 소요의 얼굴이 가볍게 붉어졌다. 그녀는 세차게 고개를 내저었다.

"그, 그런 사이가 아닙니다."

"음? 아니요?"

"아닙니다."

"호오……."

노인은 감탄성을 내뱉었다. 영락없이 부모 자식 사이라 생각한 모양이었다.

"식사는 하시겠소?"

"죄송스러워서."

노인은 피식 웃었다.

"죄송스러울 것이 뭐에 있겠소? 별로 어려운 것도 아닌데."
그리고 몸을 일으켜 부엌 쪽으로 갔다. 소요는 다급히 뒤를 따랐다.
"제, 제가 도와드릴게요."
"헐헐, 그러면 고맙지요."
무영은 그 모습을 바라보다가 가볍게 한숨을 내쉬었다.
일단 북해까지는 왔다. 또한 빙호가 어디인지도 알았다. 하지만 마음 한켠이 무거웠다.
북해의 빙호란 것을 들었지만 확실하다고는 볼 수 없었기 때문이다. 아닐 가능성도 충분히 있었다.
하지만 아무리 가능성이 적다 해도 믿고 싶었다. 다른 것도 아닌 무현과 관련된 일이었기 때문이다.
"후우······."
무영은 길게 한숨을 내쉬었다.
운이 좋아 일랑과 만난다 하더라도 문제였다. 떠나오기 전부터 생각한 한 가지의 가능성. 무언가 알 듯하면서도 풀리지 않았다.
"후우."
한숨이 절로 쉬어졌다.
그렇게 얼마나 시간이 지났을까. 노인과 소요가 음식을 내왔다.
"드세요."
소요는 무영의 앞에 음식을 가져다 놓았다. 무영은 가볍게 고개를 끄덕이곤 젓가락을 들어 음식을 집었다.
노인은 둘의 모습을 바라보며 무뚝뚝하지만 정감있는 목소리로 말했다.
"변변치 않지만 맛있게들 드슈."
"감사합니다."

무영과 소요는 맛있게 식사를 했다. 노인은 차를 한 모금 마시며 말했다.

"잠자리가 좀 불편할 텐데 괜찮으시겠수?"

"아, 상관없습니다."

소요의 말에 노인은 고개를 끄덕였다.

어느 정도 식사를 끝낸 무영은 노인을 바라보다가 물었다.

"한 가지 물어볼 것이 있습니다."

"응?"

"혹시 최근에 저희 아닌 다른 이들이 이곳을 지난 적이 있습니까? 분명히 북해의 빙촌이란 마을에서 봤다는 소릴 들었습니다."

무영의 물음에 노인은 잠시 고개를 갸웃거리며 생각에 빠져든 모습이었다. 그렇게 얼마나 시간이 지났을까.

"아……."

"무언가 생각나시는 거라도?"

소요의 물음에 노인은 고개를 끄덕였다.

"한 두어 달 전이었나? 어른 둘과 아이 한 명이 마을을 지나갔었소."

어른 둘과 아이 한 명. 일랑과 운비, 그리고 무현일 가능성이 컸다. 무영은 다급한 표정으로 물었다.

"혹시… 아이의 외모가 저와 닮지 않았었나요?"

노인은 무영의 얼굴을 곰곰이 뜯어보다가 고개를 갸웃거렸다.

"글쎄다… 그런 것 같기도 하고… 아닌 것 같기도 하고… 나이가 드니 건망증이 심해져서."

실망스러운 대답이기는 했지만 이로써 가능성은 더 커졌다.

"혹시 어디로 간다는 이야기는 못 들으셨습니까?"

"흠……."

노인은 잠시 침음성을 흘리다가 손바닥을 마주쳤다.

"빙호. 맞아, 빙호로 간다고 했어."

"빙호?"

무영이 고개를 갸웃거렸다. 그런 모습에 노인이 차분하게 설명해 주었다.

"빙호는 이곳에서 북쪽으로 일주일가량 가면 나오는 큰 호수인데, 이 맘때쯤이면 호수 전체가 꽁꽁 얼어 있지. 우리 북해 사람들은 그곳을 빙호라고 부른단다."

"그렇군요."

그렇다면 이제 다음 목적지는 확실히 정해진 셈이었다. 무영은 한결 환해진 얼굴로 노인에게 감사의 뜻을 표했다.

"정말 감사드립니다."

"뭘 그런 것 가지고. 근데 그 사람들이 맞는 것 같은가?"

"아직 확실치는 않지만, 거의 그런 것 같습니다."

"도움이 되었다니 다행이구먼."

노인은 미소를 지었다.

식사를 끝내고 몸을 씻은 무영과 소요는 노인의 안내로 이층으로 올라왔다. 내일부터 다시금 이동을 하려면 일찍 쉬면서 힘을 보충하는 게 나을 것 같았기 때문이다.

"여기유."

방 안에는 커다란 침대가 하나 놓여 있었다. 소요는 눈을 동그랗게 떴다.

"침대가 하나인가요?"

"아들내미가 자던 곳이오. 중원으로 나간 지 참 오래되었는데 소식이 없어. 죽었는지 살았는지… 쯧."

노인의 얼굴이 어두워졌다. 하지만 이내 무영과 소요를 향해 미소를 지어주었다.

"피곤할 텐데 어서 들어가서 쉬시오."

"아, 아니, 그게……."

소요는 당황스러웠는지 말까지 더듬었다. 하지만 노인은 자신의 할 말만 한 후 방문을 닫아버렸다.

"아……."

소요는 멍한 표정으로 굳게 닫힌 방문을 바라보고 있었다.

무영은 가볍게 한숨을 내쉬며 침상에 털썩 앉아 소요를 향해 말했다.

"뭐 해?"

"…예?"

"자자."

"아, 아니, 그게……."

"어쩔 수 없잖아?"

소요는 당혹스러운 표정으로 주위를 살폈다. 다행히 방 중앙에 널찍한 의자가 있었다.

"전 여기서 잘게요."

"웃기는 소리 하지 말고 이리 와."

무영의 말에 소요는 아직도 주저하는 눈빛이었다. 침상을 탁탁 쳤다.

"넓어."

"…예."

결국 소요는 고개를 떨구며 조심스럽게 침상으로 와 누웠다. 무영은 한숨을 내쉬며 누웠다. 그리고 천장을 바라보며 말문을 열었다.

"현이와는 얼마나 됐지?"

"예?"

"얼마나 지냈냐고."

무영의 물음에 소요가 대답했다.

"사백 년 정도요."

"그렇군."

무영은 고개를 끄덕였다.

"…너는 어떻게 생각해?"

"뭐가 말이지요?"

"나와 현이가 관계를 회복할 수 있을까?"

자못 심각한 물음이었다. 그리고 가장 중요한 문제이기도 했다. 모든 것이 끝난 후, 무영과 무현은 예전처럼 살아갈 수 있을까.

그것이 무영의 마음을 계속 무겁게 만들고 있었다. 솔직히 말하자면 그럴 자신이 없었기 때문이다.

"잘은 모르겠어요."

"잘은 모르겠다라……."

"분명 쉽지는 않을 거예요."

"그렇겠지. 이만큼의 시간 동안 증오심을 키워왔으니까. 그리고……."

무영 자신 역시 문제였다. 무현과 맞붙었을 때의 감정의 고저.

아무리 극단에 치달은 상황이라고는 하지만 거리낌없이 실수를 주고받는다는 것은 분명 이상했다. 더욱이 피를 나눈 혈연관계건만.

"하지만 사람 인생이라는 것은 모르는 것이니까요."

그나마 소요의 말이 위로가 되었다.

무영은 한숨을 내쉬었다. 일단 지금은 긍정적으로 생각하는 것이 낫다. 희망은 삶을 이어가는 원동력이다.

절망과 슬픔은 그 뒤에 맛보더라도 늦지 않다. 부정적인 생각으로 어찌 살아갈 수 있겠는가.

그렇게 생각하자 마음이 조금은 편해졌다.

"몸조심하시구려."

노인은 친절하게도 마을 입구까지 마중 나와주었다. 소요는 공손히 예를 취하고는 걸음을 옮겼다.

"언제 일어나셨어요? 먼저 일어나신 것 같던데."

소요의 물음에 무영이 무뚝뚝한 어조로 대답했다.

"한 시진 먼저."

"깨우시지 그러셨어요?"

"곤히 자고 있길래."

무영은 발걸음에 속도를 붙였다. 그런 모습에 소요는 빙그레 웃으며 무영과 발걸음을 맞췄다.

"역시 닮았어……."

"뭐가?"

"현님과."

"……."

"현님도 무뚝뚝하기는 하지만 자상했었어요. 물론 처음뿐이었지만."

"그렇군."

무영은 고개를 끄덕이며 하늘 쪽으로 시선을 주었다. 춥기는 하지만 구름 한 점 보이지 않는 맑은 날씨였다.

'현아… 지금 뭐 하고 있니?'

그리고 그 시각.

뚝… 뚝…….

동굴 안은 어둡고 음습했다.

"흐음."

일랑은 미소를 지으며 주위를 살폈다.

"좋다. 아주 좋아."

"후우."

때마침 운비가 동굴 안으로 들어왔다. 그는 차가워진 손바닥을 비비며 일랑에게 말했다.

"언제까지 이곳에 있어야 합니까?"

"왜? 심심하더냐?"

운비는 한숨을 내쉬었다. 그런 뜻으로 말한 것이 아니다.

"솔직히 말해 무영이 이곳을 찾아오리라는 것도 확실치 않지 않습니까?"

일랑은 히죽 웃었다.

"녀석은 반드시 온다."

"어떻게 그렇게 장담할 수 있지요?"

"어째서냐고? 흐음… 녀석과 나는 비슷하거든."

"……."

운비는 허탈한 표정을 지었다. 고작 그와 같은 불확실한 가능성만을 믿고 이곳에서 몇 달을 지냈단 말인가?

이해가 안 된다.

"무현은 어찌 지내고 있습니까?"

안 되겠다 싶었는지 운비가 무현으로 화제를 돌렸다.

일랑은 어두운 동굴 안쪽으로 시선을 돌리며 히죽 웃었다.

"글쎄, 아마도 잘 지내고 있지 않을까 싶은데?"

'정말 못 말리겠군.'

운비는 지끈거리는 머리를 부여잡으며 다시금 동굴 바깥쪽으로 걸음을 옮겼다.

"바깥 상황을 좀 살피고 오겠습니다."

"그래. 그런데 어디로?"

"예전에 지나쳐 왔던 그 마을 있지 않습니까?"

운비는 바깥쪽으로 걸음을 옮겼다.

노인은 언제나처럼 마을 바깥을 바라보며 하루를 맞이하고 있었다. 그것은 성공하겠다며 집을 나간 아들을 기다리는 것이었다.

"오늘도 기다리시는 겁니까?"

옆집에 살고 있는 임씨가 마을 바깥 바위에 걸터앉아 있는 노인을 보고 물었다. 노인은 씁쓸한 미소를 지으며 고개를 끄덕였다.

"혹시 오늘은 올지도 몰라. 왠지 느낌이 좋아."

"하하, 정말 그러면 좋겠네요. 그건 그렇고, 이틀 전에 지나가던 사람들을 재워주셨다고요?"

노인은 고개를 끄덕였다.

'소요와 무영이라고 했던가?'

분명 그런 이름이었던 것 같다. 건망증 때문에 확실히 기억나지는 않지만.

"하여튼 영감님, 너무 무리는 하지 마세요."

"그래, 가보게."

노인은 임씨를 향해 손을 내저어준 후 하염없이 설원 저편을 응시하고 있었다.

그렇게 얼마나 시간이 지났을까.

"뭐지?"

노인은 몸을 일으키며 눈을 가늘게 떴다. 설원 저편이 소란스러워졌기 때문이다.

"혹시?"

아들이 돌아왔나 싶은 생각에 그쪽으로 걸음을 옮겼다.

그리고 잠시 후.

"뭐, 뭐야?"

노인의 눈이 동그랗게 떠졌다.

"후우… 춥네요."

소요의 입에서 입김이 나왔다. 옆에서 묵묵히 걷고 있던 무영은 고개를 끄덕였다. 아닌 게 아니라 정말로 춥다.

"방향을 제대로 잡고 가고 있는 건지도 모르겠군."

빙촌을 나선 후 하루가 지났다. 하지만 아직도 눈앞에 보이는 것은 넓게 펼쳐진 설원뿐.

정말 헛짚은 것일지도 모른다는 불안감마저 들 지경이었다.

하지만 이내 고개를 내저었다. 일단은 믿어야 한다. 아니, 믿고 싶었다. 하루라도 빨리 무현을 만나고 싶었기 때문이다.

"음?"

그때 문득 무영이 눈을 꿈틀거렸다. 이쪽을 향해 다가오고 있는 기운을 느꼈기 때문이다.

"온다."

"예?"

아무래도 소요는 느끼지 못한 것 같았다. 그렇다면.

'일랑은 아니다. 그렇다면 운비로군.'

왠지 입가에 미소가 머금어졌다. 싸움을 앞둔 상황. 하지만 마음 한켠이 뿌듯해졌다.

그것은 안도감이었다.

'다행이야.'

무영은 미소를 지으며 소요에게 시선을 주었다.

"마음 단단히 먹어."

"예?"

"운비다."

순간 소요의 눈이 동그랗게 떠졌다. 하지만 고개를 끄덕이며 주먹을 꼭 쥐었다.

"단번에 잡아버린다."

무영은 이를 빠득 갈며 땅을 박찼다.

투웅! 하는 소리와 함께 주변의 사물이 하나의 선이 되었다. 그리고 이쪽을 향해 걸어오는 운비의 모습이 급격하게 커져 갔다.

한편 운비는 마치 자신을 향해 눈사태가 다가오는 것 같은 착각을 일으켰다. 그럴 만도 한 것이 무영의 속도와 더불어 바닥을 내디딜 때마다 눈이 튀어 올랐기 때문이다.

"어어?"

무언가 이상하다는 생각은 했다. 다가오는 속도가 너무도 빨랐기 때문이다. 또한 중앙에 보이는 자그만 형상.

"아닛?"

운비가 믿을 수 없다는 표정을 지었다. 그 형상은 바로 무영이었기 때문이다.

그가 채 무슨 행동을 하기도 전에 무영은 운비의 품 안으로 파고든 상태였다.

"안녕?"

위를 올려다보는 무영의 입꼬리가 비틀려 올라가 있었다. 운비는 심장이 덜컥 내려앉았다.

운비가 뭐라 할 새도 없이 무영의 손바닥이 턱을 올려쳤다.

덜컥! 하는 소리와 함께 뇌가 흔들렸다. 일시에 다리에 힘이 쭉 빠지며 휘청거렸다.

'제, 제길.'

잠깐이기는 하지만 다리를 봉쇄당한 셈이었다. 하지만 무영은 그에 그치지 않고 운비의 오른쪽 무릎을 발로 내리찍었다.

뼈 부러지는 소리와 함께 운비가 기우뚱하더니 바닥에 주저앉았다. 무릎이 완전히 꺾였기 때문이다.

"아아악!"

운비는 고통을 참지 못하고 비명을 질렀다. 무영은 재빨리 소매를 휘둘러 검을 빼낸 다음 운비의 미간에 가져다 댔다.

주룩.

검끝이 이마에 살짝 박히자 피가 흘러내렸다.

"넌 죽은 목숨이나 마찬가지야. 검만 박아 넣은 뒤 힘을 전이시키면 되지. 무척이나 손쉬운 일이야."

무영은 비릿한 미소를 머금은 채 말했다. 그런 모습에 운비가 몸을 한 차례 격하게 떨었다.

"씨발."

절로 욕설이 흘러나왔다.

자신답지 않았다. 마치 뭔가에 홀린 것처럼 넋을 잃었다. 하지만 이것이 현실.

"큭······."

운비는 뭐라 말을 하지도 못한 채 침음성을 흘릴 따름이었다.

"일랑은 어디 있나?"

무영은 다른 말은 하지 않고 바로 본론으로 들어갔다. 운비는 짐짓 고개를 돌렸다.

"말할 것이라 생각했나?"

"아니, 하지만 입을 열게 할 방법은 많지."

무영은 피식 웃으며 검끝으로 운비의 볼을 툭툭 쳤다.

"다시 한 번 묻는다. 일랑 어디 있어?"

"개자식."

쾅!

운비의 욕설이 끝나기가 무섭게 오른쪽 발이 폭발했다. 짓이겨진 살점이 사방으로 튀었다.

"으아악!"

도저히 참을 수 없는 고통이었다. 운비는 설원이 쩌렁쩌렁 울릴 정도로 비명을 지르며 바닥을 데굴데굴 굴렀다.

"불구가 되었군."

무영은 잔혹한 미소를 지었다. 그리고 아직 온전한 반대편 다리를 바라보며 물었다.

"일랑은?"

"주, 죽일……."

쾅!

다시 한 번 일어난 폭발.

운비는 죽을 때까지 두 발로 걸을 수 없는 신세가 되었다.

"으윽… 크으윽!"

억눌린 신음성이 설원을 울렸다. 너무도 잔혹한 광경에 뒤늦게 다가온 소요가 얼굴을 일그러뜨렸다.
"일랑 어딨어."
"…차라리 죽여라."
"그건 아니 될 말씀."
무영은 두 차례 검을 휘둘렀다. 서걱! 하는 소리와 함께 핏물이 설원을 물들었다.
운비는 허공으로 치솟는 양팔을 바라보며 멍한 표정을 짓고 있었다. 왠지 격렬하던 고통이 점차 잦아들었다.
눈의 차가운 기운이 몸의 감촉을 무디게 만들고 있었다.
치이익!
하지만 그것도 잠시, 이윽고 양팔과 다리 부위에서 연기가 치솟으며 지혈을 하기 시작했다.
"내, 내 팔……."
운비가 다급히 몸을 비틀며 잘려 나간 팔뚝이 있는 쪽으로 기어가려 했다. 무영은 그 모습을 바라보다가 운비의 팔뚝을 발로 차 저 멀리로 날려 보냈다.
"안 되지."
비틀린 목소리에 운비의 눈이 위로 치켜 올라갔다.
"이 새끼! 죽여 버린다!"
무영은 여유로운 표정으로 어깨를 으쓱였다.
"죽일 수나 있을까?"
분노가 극에 치달은 운비가 온몸을 버둥거렸다. 마음 같아서는 단번에 무영을 찢어 죽이고 싶었다.
분하고 분한 마음이었지만 해결책이 없었다. 어찌어찌 잘린 양팔은 붙인다 하더라도 흔적도 없이 사라져 버린 두 다리는 복구가 되지 않는다.

결국 자신이 할 수 있는 것은 욕을 지껄이며 몸을 버둥거리는 것뿐이다.

"으아아악!"

처절한 비명 소리. 그 모습을 바라보는 무영의 이마가 가볍게 찌푸려졌다. 생각보다 독한 놈이다.

'하기야 보통의 인물이 일랑의 수하가 될 수 있을 리가 없겠지만.'

무영은 히죽 웃을 무렵이었다.

"왠지 따라와 보고 싶더니만 역시나였군."

나른한 듯하면서도 웃음기가 묻어나오는 목소리.

무영은 황급히 그쪽으로 시선을 돌렸다.

주춤.

무영과 소요가 동시에 뒤로 걸음을 옮겼다. 일랑이 이쪽을 향해 천천히 걸어오고 있었다.

"크윽… 크으윽……."

운비는 침음성을 삼키며 몸을 버둥거렸다. 얼굴에는 희망스러운 빛이 머금어져 있었다.

그가 온 이상 무슨 수를 내줄 것이란 생각 때문이었다. 그때 일랑의 걸음이 멈춰졌다. 그는 만신창이가 된 운비를 내려다보며 혀를 찼다.

"쯧쯧. 어쩌다 이 꼴이……."

"이, 일랑님… 끄으윽!"

일랑은 운비의 옆에 쪼그리고 앉았다. 얼음장처럼 차가운 눈매였다.

"못쓰게 되어버렸군."

순간 운비의 두 눈이 크게 치켜떠졌다.

그것이 그의 마지막이었다. 갑자기 일랑이 손가락으로 운비의 미간을 꿰뚫었다.

"잘 가렴."

일랑은 믿을 수 없다는 표정의 운비를 바라보며 히죽 웃었다.

파스스!

그리고 잠시 후, 운비의 몸이 사라졌다. 그는 천천히 몸을 일으키며 중얼거렸다.

"안타까운 친구였는데."

애잔함마저 묻어나오는 목소리였다.

"그런 소리를 잘도 지껄이는군."

무영은 비틀린 어조로 말한 후 입술을 꽉 깨물었다.

피도, 눈물도 없는 인간.

언제나 저런 식이었다. 자신이 내키는 대로 행동하고 자신의 가치관과 생각 내에서 움직이길 바란다.

그야말로 꼭두각시. 모든 것이 자신의 조종에 따라 움직여야 직성이 풀리는 인간이다.

"무영."

"…역시 넌 재수없는 인간이야."

"맞아. 난 재수없는 인간이지."

일랑은 순순히 고개를 끄덕였다. 도리어 그런 점이 무영의 심기를 건드렸다. 왠지 놀림받고 있다는 느낌을 받았기 때문이다.

하지만 그런 생각은 잠시 접어두기로 했다. 이곳까지 온 근본적인 목적이 있었다.

"현아는 어디 있나?"

"걱정 말라고. 잘 있으니까."

순간적으로 일랑의 입가에 의미심장한 미소가 스치고 지나갔다. 무영의 눈썹이 꿈틀거렸다.

"현아가 잘못되기라도 했어봐. 기필코 널 죽여 버리고 말 테니까."

결연함이 묻어나오는 선언이었다. 하지만 그마저도 일랑은 가볍게 웃어넘겼다.

"기대하지."

"……."

답답했다.

이런 식으로 가다가는 언제까지고 말싸움에 그칠 것 같았다.

그때 일랑의 시선이 무영에게서 소요 쪽으로 옮겨졌다.

"결국 무영 쪽으로 붙었군."

"큭."

갑작스런 일랑의 물음에 소요가 뒤로 물러섰다. 그것은 몸 안에 각인되어 있는 공포심이었다.

"소요, 내 뒤로 피해 있어라."

무영은 억눌린 음성으로 중얼거렸다. 소요는 고개를 끄덕이며 조심스럽게 뒷걸음질쳤다. 혹시 모를 일랑의 공격을 경계한 것이었다. 하지만 이랑은 여유로운 표정으로 어깨를 으쓱였다.

마치 너 따위는 내 안중에도 없다는 표정이었다.

무영은 소요가 자신의 뒤로 무사히 피하자 앞으로 한 걸음을 내디뎠다. 그리고 주먹을 꽉 쥐었다.

"끝을 내겠다."

일랑은 피식 웃으며 반문했다.

"끝을 낸다?"

그의 고개를 가로저었다.

"그렇게 떨리는 몸으로?"

일랑의 말에 비로소 무영은 자신의 몸이 후들후들 떨리고 있음을 깨달았다.

"이, 이게 어찌 된……."

이해할 수가 없었다. 몸이 통제를 벗어나 있었다. 깊숙이 각인된 두려움은 쉽사리 극복할 수 있는 것이 아니었다.

"무영, 무영. 아직 때가 되지 않았군."

"크윽……."

무영은 이를 꽉 다물었다. 순간 일랑이 일장을 출수했다.

뻥!

커다란 폭발음. 하지만 애꿎은 바닥을 뚫었다. 겨우겨우 몸을 틀어 공격을 피할 수 있었다.

눈밭에 몸을 굴린 탓에 옷이 축축히 젖어 들어왔다. 조금씩 체온이 떨어졌다.

"어디 이것도 피해봐라."

일랑은 검을 휘둘렀다.

씨앙!

무영의 것과는 격이 다른 파공음!

시퍼런 강기가 공간을 일그러뜨리며 날아왔다. 무영은 반사적으로 검날에 내기를 덧씌워 막아냈다.

콰장!

검이 격하게 퉁기며 몸이 뒤로 쭉 밀려났다.

우웅! 우웅!

비명을 지르는 것처럼 검이 울어댔다. 그만큼 일랑의 강기는 강맹했다. 하지만 한숨을 돌릴 틈도 없이 동공에 시퍼런 강기가 맺혔다.

'젠장!' 이라는 욕설도 내뱉을 시간이 없었다. 무영은 눈밭을 발바닥으로 찍었다.

쏴아! 하는 소리와 함께 수백, 수천만 개의 눈 알갱이들이 허공으로 치솟았다.

콰쾅! 콰콰콰!

무영의 내기가 실린 설벽에 일랑의 강기들이 와서 쉴 새 없이 부딪쳐 나갔다. 쉴 새 없이 뿜어내는 화염과 충격파에 무영은 눈밭을 구를 수밖에 없었다.

"울컥!"

무영은 허리를 숙이며 검붉은 피를 토해냈다.

눈밭에 핏자국이 조금씩 퍼져 나갔다. 목 언저리가 꽉 막힌 것마냥 답답했다. 계속해서 피가 목 언저리까지 차 올랐기 때문이다.

"언제까지 피하고만 있을 생각이지?"

순간 뒤쪽에서 나직한 중얼거림이 들려왔다. 무영이 황급히 몸을 돌리는 순간 일장이 가슴팍에 작렬했다.

"푸학!"

피가 분수처럼 허공에 흩뿌려졌다. 무영은 실 끊긴 연처럼 허공을 날아 눈밭에 처박혔다.

"크어어……."

이제는 비명 소리도 나오지 않았다. 일랑은 무영을 내려다보며 실망스럽다는 표정을 지었다.

"이익!"

순간 무영이 있는 힘을 다해 일랑의 얼굴에다 일장을 출수했다.

쾅!

순식간에 일랑의 머리 부분이 화염에 휩싸였다.

완전히 직격이었다. 하지만 일랑의 얼굴에는 조금의 그을림도 찾아볼 수 없었다.

"고작 그 정도냐?"

일랑은 고개를 설레설레 내저었다.

"정말이지 실망스럽구나."

"우, 웃기지 마… 아직 끝나지 않았어."

무영은 힘겹게 몸을 일으키려 했다. 하지만 그마저도 일랑이 발로 짓눌러 버렸다.

"난 너를 그렇게 가르치지 않았어, 무영."

히죽 웃으며 일랑이 말을 이어나갔다.

"패기라고는 눈곱만큼도 없는 너는 필요가 없다."

일랑은 손을 들었다. 순간 멀리서 그 모습을 바라보고 있던 소요가 땅을 박찼다.

그녀 나름대로는 현재 영에게 온통 신경이 쏠려 있는 틈을 노린 것이었다. 하지만 일랑은 그 정도로 무딘 사람이 아니었다.

"건방진 년."

일랑은 달려드는 소요 쪽으로는 고개도 돌리지 않은 채 손을 뻗었다.

쾅!

"꺄악!"

소요가 단말마의 날카로운 비명성을 지르며 처박혔다.

"조금만 기다리고 있으라고."

"…안 돼!"

무영의 눈이 부릅떠졌다. 일랑이 혈을 짚은 것이다. 목 아래쪽의 감각이 사라졌다.

슈각!

일랑은 무영을 향해 히죽 웃어준 후 소요에게 달려들었다. 그녀는 재빨리 몸을 일으키며 급격한 속도로 접근하는 일랑에게 공격을 날렸다.

하지만 애초부터 상대가 되지 않는 싸움이었다.

슈가각!

일랑은 순식간에 소요를 지나쳤다. 그러자 그의 검끝에서 한 방울의 피가 떨어졌다.

뚝.

고작 한 방울의 피였다. 새하얀 눈밭에 티도 나지 않을 만큼 적은 양이었다.

툭.

소요의 손에 들려 있던 검이 눈밭에 떨어졌다. 그리고 그녀의 몸이 환한 빛을 내더니 흩어지듯 사라졌다.

"…무, 무현… 님……."

그녀의 마지막 말이었다.

무영의 눈이 부릅떠졌다. 너무도 어이없는 죽음이었다.

펄럭!

그녀가 존재했다는 유일한 증거인 옷이 바람에 날렸다.

그리고 우연처럼 무영의 얼굴 위로 덮어졌다.

깜깜했다.

뽀드득… 뽀드득…….

눈 밟는 소리가 귓가로 들려왔다. 처음에는 희미했지만 조금씩 명확해졌다.

힘이 없다. 몸을 움직일 수도 없다. 이제 남은 것은 일랑의 손에 아무런 저항도 해보지 못한 채 죽음을 맞이하는 것이다.

죽음이 점점 가까워져 오고 있었다.

하지만 뭘까.

불화산같이 날뛰던 감정이 조금씩 가라앉았다. 상식적으로는 설명되지 않는 기이한 느낌.
　'이것으로 된 걸까?'
　체념?
　그럴지도 모른다. 너무도 긴 삶. 그리고 짧은 시간 동안 일어난 사건들은 무영을 지치게 만들었다.
　뿌드득… 뿌드득…….
　하지만 곰곰이 생각해 보니 그런 것은 아닌 것 같다.
　그렇다면 무엇이지?

　"지루한 일상에 활력소지!"

　갑자기 자신의 손에 죽었던 추소명의 마지막 말이 뇌리를 스쳤다.
　그런가?
　그런 것도 같다. 처음에는 부정했지만.
　언제나 숨죽이고 남의 눈치를 보며 살아왔다. 언제 배척될지 모른다. 하지만 정말 그런 것일까?
　'단지 내가 스스로 설정해 놓은 생각이 아니었을까?'
　억눌렀지만 진정 원했던 욕망. 또한…….
　'현아…….'
　자신의 하나뿐인 혈육. 그를 만나야 한다. 그러자면…….
　살아야 한다.
　삶과 죽음의 경계선.
　'나는 삶을 택하겠다.'
　그러자면 현재 자신을 옭아매고 있는 속박을 풀어야 한다. 육체적인 제한? 아니다.

오랜 상념이 끝나고 무영의 입이 열렸다.
"몸을 움직일 수 없다는 것은 나의 생각. 그리그 육체 스스로가 설정해 놓은 선입관."
꿈틀.
손가락이 움직였다.
감각이 돌아왔다.
"후우… 후우……."
고른 숨이 반쯤 벌어진 입에서 흘러나왔다.
손가락에서 시작된 약동은 급격히 몸 전체로 확장되어 나갔다.
스르륵!
무영의 몸이 부드럽게 일으켜졌다. 너무도 차분하게.
"음?"
일랑의 발걸음이 멈춰졌다. 무영은 가만히 자신의 손을 들여다보았다. 그리고 육체를 느꼈다.
"나의 손… 그리고 발… 사물을 분간하는 시선… 피부에 와 닿는 공기의 느낌… 혈관 한 가닥 한 가닥의 느낌. 근육의 약동… 장기의 움직임……."
무영의 입가에 미소가 머금어졌다.
"모든 것이 느껴진다. 그대는 어떤가?"
"이상한 소리를 해대시는군."
일랑은 이해가 가지 않는다는 말투로 중얼거렸다. 그리고 무영을 향해 검을 휘둘렀다.
시퍼런 강기가 뱀처럼 무영을 노리고 짓쳐 들어왔다.
무영은 가만히 손을 들어 휘저었다.
파캉!

무언가 깨지는 소리. 그리고 일랑의 공격이 공기 중으로 흩어졌다.

"뭣이?"

일랑의 눈이 크게 치켜떠졌다.

'놈… 무언가 이상하다.'

입술을 꽉 깨물었다. 왠지 기이한 기분이다. 무언가에 홀린 듯한?

그것이 가장 옳은 표현인 것 같았다.

"건방진!"

일랑은 짐짓 노호성을 터뜨리며 무영을 향해 달려들려 했다. 하지만 마음속에 느껴지는 한 가닥 의구심이 발걸음을 잡았다.

그것은 미지에 대한 호기심, 아니면 막연한 두려움?

"말도 안 된다."

일랑이 세차게 고개를 내저을 무렵이었다.

빡!

갑자기 일랑의 머리가 뒤로 튕기듯 젖혀졌다. 그러는 와중에도 반사적으로 손가락을 튕겼다.

주륵.

양 콧구멍에서 피가 흘러나와 입술을 적셨다. 혀끝에 비릿하면서도 씁쓸한 맛이 느껴졌다.

일랑은 손등으로 코 주위를 닦았다. 붉은 피가 묻어 있었다.

믿을 수 없다는 표정으로 무영을 바라보았다. 그의 볼에 기다란 상처가 나 있었다. 일랑이 쏘아 보낸 탄지공의 스치고 지나간 증거였다.

치이익……!

무영과 상처, 그리고 일랑의 상처 부위에서 연기가 치솟으며 상처를 수복하기 시작했다.

언뜻 이해가 되지 않았다.

무영과의 거리는 오 장여. 그는 그곳에서 움직이지 않았다.

'그렇다면 이것은 뭐지?'

혼란스러운 감정이 솟구쳤다. 하지만 내면에서 들려온 속삭임이 있었다.

당혹스러움, 환희. 그리고 두려움.

"믿을 수 없다."

일랑은 발악적으로 내뱉으며 주먹을 쥐었다.

그를 죽이리라.

하지만 그 생각도 잠시였다.

퍽!

일랑의 양 무릎이 꺾이며 눈밭에 닿았다.

풀썩.

"아."

일랑이 무릎을 꿇고 있었다. 그것도 무영을 앞에 두고.

그는 단지 일랑을 바라보고 있었을 뿐이다. 표정을 읽을 수가 없었다. 아니, 모르겠다.

"이이이……!"

일랑의 눈에 불똥이 튀었다. 주체할 수 없는 노기가 치솟았다. 이럴 수는 없다는 생각이 몸 전체를 휘감았다.

"무영!"

일랑은 설원이 떠나갈 듯한 소리로 외치며 무영을 향해 달려들려 했다.

하지만 이번에도 역시 발걸음을 멈출 수밖에 없었다.

설원 저편에서 이쪽을 향해 다가오는 대규모의 기척이 느껴졌기 때문이다.

"크윽……!"

일랑은 무영을 한차례 노려보았다.

마음 같아서는 끝까지 가고 싶었다. 하지만 지금은 상황이 좋지 않았다.

"치잇!"

일랑은 단번에 몸을 날려 설원 저편으로 사라졌다. 무영은 그의 뒤를 쫓으려 했다. 하지만 이내 그만두었다.

"영아!"

그리고 이내 들려오는 소령의 목소리에 무영의 입가에 희미한 미소가 머금어졌다.

이미 누군지 알고 있었기 때문이다.

제50장
또 다른 시작

또 다른 시작

"영아!"
 소령은 무영에게 다가오더니 와락 품에 안겼다. 무영은 부드러운 미소를 지었다.
 "결국 온 거니?"
 "걱정이 돼서 참을 수가 없었어."
 소령의 애틋한 마음이 느껴졌다. 왠지 가슴이 따뜻해지는 것 같다.
 무영은 가볍게 소령의 머리를 쓰다듬어 주며 일랑이 도망쳐 간 쪽으로 시선을 주었다.
 소령이 주위를 살피며 의아한 표정으로 물었다.
 "그 여자는?"
 그 여자라는 것은 소요를 이르는 것이었다. 무영의 얼굴이 어둡게 가라앉았다.
 "…죽었다."

"죽어?"

무영은 묵묵히 고개를 끄덕였다. 놀라움으로 가득 찼던 소요의 얼굴이 점차 평온을 찾아갔다.

그녀는 힘없이 고개를 떨구며 중얼거렸다.

"그렇구나… 죽었구나."

"그래, 무로 돌아갔지."

소령은 의아한 얼굴로 무영을 뜯어보았다. 너무도 평온한 어조와 평온한 표정 때문이었다.

감정의 고저가 전혀 보이지 않았다. 아무리 적이었다 한들, 그간 같이 여행을 했을 터인데 이상할 정도로 침착하다.

"영아……."

"응?"

"무슨 일 있었니?"

"무슨 소리니?"

하지만 이내 소령의 말뜻을 알 수 있었다. 무영은 소령의 볼을 툭 쳐주며 말했다.

"좋게 생각하기로 했다. 그건 그렇고……."

"응?"

"강시구나?"

이윽고 통통거리며 이쪽으로 뛰어오고 있는 것들은 강시였다. 언뜻 보기에도 오백이 넘는 숫자다.

소령은 자신의 양 허리에 손을 얹으며 고개를 살며시 치켜들었다.

"혹시 몰라서 다 집결시켰지."

"너답다."

무영은 피식 웃었다. 이윽고 소령이 품에서 종을 들어 흔들었다.

짤랑!

청명한 종소리와 함께 오백 구의 강시들이 그 자리에 멈춰 섰다. 소령은 자신만만한 표정으로 말했다.

"이만하면 도움이 되지 않겠니?"

"그래."

무영은 고개를 끄덕였다. 그러는 와중에도 자그만 목소리로 '이제는 그 모든 것이 부질없어'라고 중얼거렸다.

하지만 소령을 머쓱하게 하고 싶지는 않았다. 그녀 나름대로는 무영을 생각한 것이기 때문이다.

"고맙다."

"별말을."

소령은 활짝 웃었다. 그리고 잠시 고개를 갸웃거렸다.

"현아는 찾았니?"

"아직은… 하지만 곧 찾을 수 있을 거야."

소령은 고개를 끄덕이다가 눈을 동그랗게 떴다. 그제야 주위가 엉망임을 알아챈 것이다.

"이건?"

"방금 전까지 일랑과 싸웠어."

일랑이란 말에 소령의 얼굴이 사색이 되었다. 하지만 곧이어 든 의아한 생각을 지울 수가 없었다. 그럼에도 이 여유로움은 대체 무엇인지 모르겠다.

"소령."

"응?"

"이번 일이 끝나면… 황산에 나들이나 가자."

"응?"

또 다른 시작 259

소령은 눈을 동그랗게 떴다. 잔뜩 자신감이 묻어나오는 어조였기 때문이다.

하지만 그것도 잠시, 소령은 배시시 웃으며 고개를 끄덕였다. 무영이 이렇게까지 말하는 데는 무언가 이유가 있을 것이다. 그녀는 무영을 믿었다.

무영은 힐끗 고개를 돌렸다. 오백여 구의 강시가 충실히 소령의 뒤를 따르고 있었다.

'그나마 인적이 없음을 다행으로 여겨야지.'

생각해 보라, 도시를 지나치는 오백여 구의 강시를.

경악에 찬 사람들의 모습이 눈에 선했다. 순간 무영의 뇌리에 한 가지 생각이 스쳤다.

"령아."

소령이 고개를 갸웃거렸다.

무영은 조심스럽게 소령에게 물었다.

"강시들을 데리고 오면서 별다른 소동은 없었니?"

"아아… 그거 말이구나?"

소령은 배시시 웃었다. 그런 모습에 무영은 안도했다. 하기는 소령이 아무리 무대뽀라 한들 설마 강시들을 이끌고 도시를 지나쳤겠는가.

"꽤 많은 일들이 있었지."

그리고 '후후' 하고 미소를 짓는 소령이었다.

"많은 일들이……."

마지막으로 말끝을 흐리는 소령을 바라보며 무영은 한숨을 내쉴 수밖에 없었다.

동굴로 돌아온 일랑은 무너지듯 바위에 앉으며 거친 숨을 몰아쉬었다.

"제길!"

일랑은 주먹으로 바위를 후려쳤다.

콰드득!

일랑의 주먹이 바위에 쑥 박혔다. 하지만 분을 참을 수가 없었다.

"으아악!"

콰콰쾅!

동굴이 울리며 돌 부스러기가 바닥에 떨어졌다. 일랑은 벽에 양 주먹을 댄 채 숨을 헐떡였다. 벽에는 구멍이 수십 군데 파여져 있었다. 모두 일랑의 주먹으로 인해 생긴 것이었다.

아직도 어떻게 된 영문인지 모르겠다.

한 가지 확실한 건 무영이 변했다는 것이다.

"……."

일랑은 차가운 동굴 벽에 이마를 기댄 채 눈을 감고 있었다. 그렇게 얼마나 시간이 지났을까.

"후후후……."

처음 조그맣게 시작된 웃음은 시간이 지남에 따라 점차 소리가 커져 갔다. 그리고 결국에는 동굴 전체가 울릴 정도까지 이르렀다.

뚝.

한참을 미친 듯이 웃던 일랑의 웃음이 멈춰졌다. 감겨져 있던 눈이 떠졌다.

"…재밌군."

무영은 자신을 실망시키지 않았다.

처음의 당혹스러움과 공포심은 많이 사그라든 상태였다. 하지만 그 빈 자리를 채우고 올라오는 감정은 희열이었다.

"상상 이상이야, 무영. 정말이지 상상 이상이라고."

입가에는 의미심장한 미소까지 걸려 있었다.
"역시 나의 선택이 옳았어."
굳이 무영을 고른 이유.
가장 큰 이유라면 지루한 일상에서의 행복이었다.
더욱이 그는 처음부터 다른 녀석들과 달랐다. 건드리면 반드시 반응한다.
지금도 마찬가지였다.
그는 충실히, 아니, 생각했던 것 이상으로 반응해 주었다.
"큭……."
일랑은 자조적인 미소를 지으며 동굴 안쪽으로 걸음을 옮겼다.
깊숙이 걸어 들어갈수록 동굴 안은 점점 음습해졌다. 그렇게 얼마나 걸었을까. 일랑의 걸음이 멈춰진 곳은 커다란 석문 앞이었다.
그그긍!
커다란 돌로 이루어진 문이 굉음을 내며 열렸다. 일랑은 그 안으로 들어갔다.
거대한 석실 안은 어두침침했다.
뚝뚝…….
동굴 천장에서 떨어진 물로 인해 전체적인 공기는 매우 습했다.
"훗."
일랑은 피식 웃으며 고개를 들었다. 석실 벽 한쪽에 매달려 있는 어린 아이.
무현이었다.
"잘 지냈나?"
의미심장한 미소와 함께 일랑이 물었다. 순간 무현이 고개를 빳빳하게 치켜들었다.

잡아먹을 듯 흉폭한 눈빛이었다. 하지만 일랑은 여유롭게 휘파람을 불었다.

"휘유, 아직 살벌한 눈빛은 여전하군."

무현은 얼굴을 와락 찡그렸다. 몸을 움직이려 했다. 하지만 일랑에 의해 몸의 통제를 빼앗긴 상태였다.

"부질없는 일이다. 넌 벗어날 수 없어."

일랑은 쓸쓸한 미소를 지었다. 이 녀석은 그토록 발악을 하건만 속박을 풀어내지 못했다. 하지만 무영은 달랐다.

아직도 그에게 무슨 변화가 있었는지는 모르겠지만.

"네 잘난 형이 곧 도착할 거다."

"……!"

무현은 눈을 동그랗게 치켜떴다. 하지만 이내 눈동자를 아래쪽으로 내려뜨렸다.

"마치 올 줄 알았다는 표정이로군."

"……."

"당연하겠지. 이 세상에 유일한 혈육이니까. 넌 아직도 인정하고 싶지 않지?"

무현의 얼굴이 일그러졌다. 고통스러워하고 있었다.

"잠자코 기다리고 있어, 이 다음에 누가 석실로 들어오는지. 날까, 아니면 무영일까?"

일랑은 히죽 웃으며 석실을 걸어나갔다.

그그긍!

이윽고 거대한 석문이 닫혔다. 그리고 석실 안은 어두워졌다.

"……."

날카롭던 무현의 눈매가 풀어졌다. 그리고 고개가 떨궈졌다.

쿵쿵!

오백 구의 강시가 폴짝 뛸 때마다 땅이 울리는 것 같았다. 그럴만도 한 것이 본래 시체란 무거운 법이니까.

하지만 한 가지, 이동에 골치 아픈 문제점이 있었다. 현재 무영 일행은 북쪽으로 가고 있었다. 자연스럽게 추운 지역으로 가다 보니 쌓인 눈도 그 깊이를 더해가고 있었다.

그러다 보니 자연스럽게 강시들의 이동 속도가 느려졌다. 폴짝 뛰기 위해 발을 구를 때마다 눈 속에 무릎까지 빠져 골치가 아팠다.

"또 빠졌네?"

소령은 곤혹스러운 표정을 지으며 강시의 손을 잡고 앞으로 이끌었다.

"영아, 미안."

소령은 잔뜩 침울해진 기색으로 말했다. 도움을 주러 온 것인데 도리어 짐만 된 셈이었다.

무영은 투덜거리며 말했다.

"내 그럴 줄 알았다."

소령은 입술을 삐죽이 내밀었다. 삐친 모양이었다. 그런 모습에 무영은 피식 웃었다.

"괜찮아. 어차피 일랑은 도망가지 않을 테니까."

바로 자상하게 대해주자 소령이 고개를 끄덕이며 크게 외쳤다.

"응!"

무영은 소령의 머리를 한차례 쓰다듬어 준 후 앞쪽으로 시선을 돌렸다. 그러던 중 자신을 향해 쏟아지는 시선이 느껴져 옆으로 고개를 돌렸다. 소령이 눈을 깜빡이며 자신을 뚫어지게 쳐다보고 있었다.

"왜?"

무영의 물음에 소령은 잠시 침음성을 삼키더니 아무래도 이해가 가지 않는다는 표정으로 말문을 열었다.
"지금은 평소의 무영인데?"
"뭐가?"
"아까 말이야. 마치 네가 아닌 것 같았어."
"그랬니?"
"응."
소령은 고개를 끄덕였다. 무영은 한숨을 내쉬었다. 자신도 미칠 지경이었다.
잘 모르겠다. 그때의 그 기묘한 체험이 어떻게 된 것인지.
한 가지 확실한 것은 그때는 자신이되 자신이 아닌 것 같았다는 정도의 느낌뿐이었다.
조급해졌다.
'그것만이 유일한 희망이다.'
다시 그 단계에 들지 못하면 일랑을 이기는 것은 불가능하다고 보아야 한다.
"예전에 영감님과 내가 이야기했던 것 기억해?"
"뭘?"
"사람이 가진 잠재적인 힘."
"아, 그거."
그제야 소령은 이해한 듯 고개를 끄덕였다. 그때 무영은 말했었다. 이 정도에 이른 만큼 잠재되어 있는 힘도 그만큼 더 커지지 않았겠냐고.
"근데?"
"아무래도… 그걸 체험한 것 같아서 말이야."
그 느낌은 뭐랄까, 신기했다.

몸 내부의 모든 움직임을 파악할 수 있었다. 공기의 흐름, 심지어 일랑의 움직임까지 훤히 들여다보였다.

무심코 알아챘다고나 할까.

"아직은 뭐라 설명할 단계가 아니다."

"피이. 그게 뭐야?"

소령은 입술을 한 자나 내밀었다. 그러다가 전방을 가리켰다.

"영아, 저기 봐. 호수다."

저 멀리 넓은 호수가 보였다. 얼음으로 얼어붙은.

"빙호."

무영은 나지막이 중얼거렸다.

일랑이 있으리라 예상되는 곳. 그리고…….

'모든 곳을 끝낼 장소.'

무영은 주먹을 움켜쥐었다. 그때 소령이 한쪽을 가리켰다.

"영아, 저기 봐."

"음?"

호수 반대편에 자리잡은 언덕. 그리고 그 중앙에 커다란 동굴 입구가 보였다.

그리고 같은 시각, 일랑은 동굴 안 커다란 바위에 걸터앉아 호흡을 고르고 있었다.

머지않아 무영이 당도할 것이다. 그리고 그때 어느 한쪽이든 끝장이 날 것이다. 그것은 일랑이 해놓은 안배이자 숙명이었다.

둘 중 그 누구도 헤어나올 수 없는.

꿈틀.

문득 일랑의 눈썹이 움찔거렸다.

그리고 천천히 감고 있던 눈을 떴다. 어지러이 느껴지는 기척 때문이었다.

분명 그중 무영이 끼어 있을 것이다. 일랑의 입꼬리가 비틀려 올라갔다.

"왔나?"

천천히 몸을 일으켰다. 그리고 옷매무새를 단정히 가다듬으며 동굴 입구 쪽으로 걸음을 옮겼다.

입구를 나서자마자 칼날같이 차가운 바람이 얼굴을 때렸다. 일랑은 히죽 웃었다.

호수 반대편에 그가 있었다.

무영 역시 희미한 미소를 머금었다. 그가 자신을 보며 웃고 있었다.

마지막 결전을 앞둔 시점. 이상하게도 심장이 미친 듯이 뛰지 않는다. 차분하게 평소의 심박수를 유지하고 있었다.

"일랑."

"무영."

무영과 일랑은 동시에 서로의 이름을 불렀다.

"큭."

"큭."

웃음 역시 같은 시간에 흘러나왔다.

일랑이 무영 쪽으로 손을 내밀었다.

"나의 운명."

이대로 살아갈 것이냐, 아니면 무영의 손에 죽음을 맞이할 것이냐.

'이제는 상관없다.'

어떻게 되든 미련을 갖지 않겠다.

그것은 무영 역시 마찬가지였다. 일랑에 대한 공포심, 분노.

일랑의 경우 무영에 대한 집착, 애정, 기대감, 마지막으로 희열.

그들은 서로의 감정을 공유할 수 있었다.

"끝을 내자, 무영."

"너와의 악연. 오늘 마무리 짓겠어."

둘은 미묘한 감정을 나누며 대치해 서 있었다. 순간 뒤에서 보고 있던 소령이 종을 빼 들었다.

짤랑! 짤랑! 짤랑! 짤랑!

네 번의 종소리. 공격의 명이었다.

"크오오!"

순간 강시들이 해일처럼 일랑을 향해 달려들었다.

일랑은 히죽 웃었다. 이미 그는 이번이 마지막임을 알고 있었다. 그렇다면 그에 걸맞게 상대해 줘야 한다.

"탈혼(脫魂)."

순간 일랑의 몸에서 광채가 일었다. 그리고 수천 개의 찐득한 알갱이들이 일랑의 몸에서 빠져나와 주위를 둥실둥실 떠다녔다.

그리고 경악스러운 상황이 벌어졌다. 콩알만하던 알갱이들이 점차 커지더니 인간의 형상을 갖추기 시작했다.

"아아……."

소령은 믿을 수 없다는 표정으로 고개를 설레설레 내저었다. 익숙한 얼굴이 보였기 때문이다.

희뿌연 빛깔의 운비, 그리고 수천의 사람 형상을 한 혼들이 공중에 떠 있었다.

"이, 이건 뭐야. 이건 뭐냐고!"

소령은 절규하며 소리쳤다.

무영은 그 모습을 바라보며 침을 꿀꺽 삼켰다.

"모두 그의 생명이다."

"일랑의 생명?"

무영은 가볍게 고개를 끄덕였다.

"일랑의 손에 죽은 자들의 혼. 그 자체가 생명이다."

"그러니까 죽을 리가 없지! 죽일 수가 없지!"

소령의 절규는 피를 토하는 듯했다.

무영은 씁쓸하게 웃었다.

반대편에서 자신의 영체들을 살피던 일랑이 손을 뻗으며 말문을 열었다.

"가라, 내 생명의 원천. 모든 것을 멸하라."

씨아앙!

순식간에 바람을 가르고 수천의 영혼들이 일직선으로 쏟아져 나갔다. 강시들 역시 지지 않고 달려들며 맞부딪쳤다.

운비와 소요의 영체가 비릿한 미소를 흘리며 검기를 흩뿌렸다.

슈가각!

마치 그들이 살아 돌아온 것처럼 강맹한 검기가 강시들을 베어나갔다.

"아아……."

소령은 넋이 나간 표정으로 허탈한 음성을 내뱉을 수밖에 없었다. 그 모습을 바라보던 무영은 씁쓸하게 웃었다.

"일랑을 죽일 수 있는 방법을 물었을 때 내가 왜 주저했는지 알겠니?"

소령이 몇 번이고 물어봤지만 그때마다 무영은 곤혹스러운 표정을 짓거나 때가 좋지 않았다. 하지만 이제는 이해가 되었다.

방법이 없는 것이다.

"아니… 방법이 아주 없는 것은 아니야."

무영은 나지막이 말하며 전장을 향해 걸음을 옮겼다.

"안 돼!"

소령의 고개를 세차게 내저으며 외쳤다. 무영은 힐끗 돌아보며 피식 웃었다.

"지금 그는 모든 힘을 개방한 상태야. 죽일 수 있는 기회는 지금뿐. 모든 생명을 밖으로 내보낸 그는 전군을 출병시킨 거나 마찬가지야. 성에 홀로 남은 성주."

무영의 눈이 빛났다. 소령은 깨달은 듯한 표정으로 중얼거렸다.

"단 하나의 목숨."

무영은 고개를 끄덕이며 소령의 머리를 한차례 쓰다듬어 주었다.

"뚫고 지나가기가 힘들겠지만… 어쩔 수 없잖아?"

그리고 무영이 몸을 날렸다.

피잉!

무영을 맨 처음 맞이한 것은 운비였다.

"또 보는군."

무영은 평온한 표정으로 손을 휘둘렀다. 순간 운비의 영체가 일장을 얻어맞고 뒤로 튕겨나갔다.

영체임에도 불구하고 물리적인 힘도 통한다.

'그렇다면 한결 쉽지.'

무영은 단번에 내기를 끌어올리며 사방으로 개방했다.

콰콰콰!

무영의 사방 이십여 장이 순식간에 폭발에 휩싸였다. 강시는 물론 수백의 영체들이 순식간에 휩쓸려 사라졌다.

탁! 피직!

얼음이 언 호수에 내려앉자 금이 갔다. 얼음 밑으로 출렁거리는 물이 보인다.

우우웅!

소매 밖으로 튀어나온 검이 허리 뒤로 당겨져 있었다.

시퍼런 기운이 이글거리며 검날 전체를 감쌌다. 순간 무영이 검을 수평으로 휘둘렀다.

촤아악! 하는 소리와 함께 반원형의 검기가 길게 뻗어나와 영혼들과 강시를 베고 지나갔다.

피잉!

순간 한줄기의 강기가 무영의 볼을 스치고 지나갔다. 찰나의 틈으로 몸을 틀었기에 망정이지 조금만 늦었으면 여지없이 얼굴의 절반이 수평으로 잘라질 뻔했다.

"운비……."

무영은 무겁게 말문을 열었다. 운비가 오만한 표정을 지은 채 허공에 떠 있었다.

하지만 그 순간 분노보다 먼저 느낀 감정은 애절함이었다. 죽어서도 혼이 구천을 떠도는 신세가 되다니.

"네가 가야 할 곳으로 보내주마."

무영은 얼음을 박차며 뛰어올라 운비와 검을 섞었다.

촤촤촹!

순식간에 수십 합이 오갔다. 검과 검이 맞부딪치며 튄 검의 내기가 사방으로 퍼졌다.

퍼버버벅! 퍼버펑!

무영과 운비의 근처에서 전투를 벌이던 영혼과 강시들이 휩쓸렸다.

"운비."

무영은 엄숙한 목소리로 중얼거리며 운비의 미간 사이에 검을 찔러 넣었다.

"……!"

운비의 얼굴이 일그러졌다. 어찌할 바를 모르겠다는 표정. 하지만 이내 흩어지듯 사라졌다.

"이야!"

그 순간 무영의 뒤에서 앙칼진 외침과 함께 수십 가닥의 검기가 영혼들을 베고 지나갔다. 무영이 고개를 돌려보니 소령이었다.

"여기는 나한테 맡기고 어서 가!"

소령은 짐짓 자신감 넘치는 목소리로 무영을 재촉했다.

"어서 가! 일랑을 죽여!"

다시금 터진 외침에 무영은 고개를 끄덕이며 일직선으로 나아갔다. 앞을 가로막는 영혼들은 가차없이 베었다.

가끔 상당한 실력을 가진 영혼도 있었으나 무영의 상대가 되지는 못했다.

그리고 얼마나 시간이 지났을까. 눈앞에 일랑이 서 있었다.

그는 히죽 웃으며 무영에게 말했다.

"훌륭하다, 나의 숙명."

일랑은 미소를 지었다. 무영은 어깨를 으쓱였다.

"훌륭하지?"

상황에 어울리지 않는 장난스런 어조. 하지만 그마저도 일랑은 흔쾌히 받아들이며 히죽 웃었다.

"나를 죽여라. 이 꿈의 틈바구니를 끝내봐."

"말하지 않아도 그럴 거야."

"못 끝내면 무영, 넌 내 손에 죽어."

무영은 짐짓 여유로운 어조로 말했다.

"그럴 일은 없어. 왜냐하면 소령이랑 황산 구경 가기로 했거든."

일랑은 피식 웃었다.

"좋아, 좋은 배짱이다."

"배짱만인지는 두고 보면 알겠지."

무영의 눈매는 차가웠다. 일랑은 그 모습을 바라보며 비틀린 어조로 말문을 열었다.

"나를 죽일 준비가 되었나? 그렇다면 확률은?"

일랑은 비릿한 미소를 머금으며 양팔을 벌렸다.

"천만 분의 일? 억만 분의 일인가? 그렇지도 않다면 조? 경?"

무영은 검을 곧추세우며 말문을 열었다.

"얼마든 간에 나에게는 충분해."

일랑은 고개를 끄덕이며 검을 빗겨 세웠다.

"멋지군. 내가 그래서 너를 좋아하는 거야."

순간 둘이 맞부딪쳤다, 지나쳐 갔다.

팔랑!

옷의 옆구리 부위가 베어졌다. 무영과 일랑은 의미심장한 미소를 지었다.

'역시 일랑, 생명을 모두 방출한 지금이 최강이다.'

일랑의 생명인 수천의 영혼. 그들을 붙잡아둔 것은 일종의 속박이었다. 하지만 모두를 방출시킨 지금은 순수한 자신이다.

속박의 굴레를 벗어 던진 셈이었다. 그만큼 순수하다. 그리고 엄청나리만치 강하다.

그런 상태는 무영 역시 마찬가지였다. 물론 조금은 다른 상태이기는 하지만.

생각과 감정을 모두 벗어 던져 버렸다. 본연의 자신을 속박하던 제한이 풀린 셈이었다.

지금의 그들은 순수한 전사였다, 그것도 동등한 위치의.

투학!

일랑이 강검으로 무영과 맞부딪쳤다.

챙! 하는 소리와 함께 검과 검이 맞부딪쳤다. 순간 무영이 검을 틀었다.

가가각!

일랑의 검이 검날을 타고 흘러내려 왔다. 중심을 잃은 것이다. 무영은 그 틈을 놓치지 않고 일랑의 옆구리를 베었다.

슈각! 푸악!

살을 베고 지나가는 느낌과 함께 옆구리에서 피가 솟구쳤다. 하지만 일랑 역시 지고 있지만은 않았다.

기묘하게 중심을 잡으며 주먹으로 무영의 옆구리를 후려쳤다.

으적!

일랑의 주먹이 무영의 옆구리를 파고들며 갈비뼈 세 대가 부러졌다.

"큭!"

무영의 눈살이 찌푸려졌다. 아무래도 부러진 갈비뼈가 폐를 찌른 것 같다. 역류한 피가 목을 타고 올라와 호흡을 곤란하게 했다.

하지만 멈출 수는 없었다.

으적!

무영의 팔꿈치가 일랑의 턱을 올려치고 지나갔다. 뇌가 흔들려 일시적으로 일랑의 다리에 힘이 풀렸다. 그 순간 무영이 검을 휘둘렀다.

쐐애액!

공기가 찢어지는 소리와 함께 무영의 검이 정확히 일랑의 미간 위쪽을 훑고 지나갔다. 하지만 아쉽게도 공격이 성공하지는 못했다.

일랑이 반사적으로 고개를 숙인 탓이었다. 그 탓에 일랑의 윗머리 몇 가닥이 검에 베어 허공에서 너풀거렸다.

"무영!"

일랑은 크게 외치며 그대로 윗머리를 위로 들어 구영의 안면을 들이박았다.

콰직!

하는 소리와 함께 무영의 안면이 순간적으로 움푹 들어갔다.

"어억!"

코뼈가 부러졌다. 눈두덩이가 내려앉았다.

'이대로는 끝이 나질 않겠어.'

고수의 싸움 같지 않은, 말 그대로 개싸움이나 다름없었다. 서로 치고받고 싸운다.

검은 진작에 부러졌고, 남은 것은 두 주먹뿐이었기 때문이다. 하지만 그 위력만큼은 무시무시했다.

이미 호숫가는 초토화되었다. 땅과 공중 두 곳 모두에서 둘의 공격이 이루어졌다.

"죽어!"

무영이 공중에서 힘차게 주먹을 뻗었다. 그 순간 일랑이 몸을 틀어 피하며 무영의 품으로 파고들었다. 그리고 옷깃을 잡아 거꾸로 들었다. 일랑은 엉망이 된 얼굴로 징그럽게 웃었다.

"잡았다."

그리고 곧바로 땅바닥을 향해 낙하했다.

"이야아!"

콰작!

"크어억!"

무영이 비명성을 내질렀다. 머리가 두터운 호수의 얼음을 뚫고 들어갔다. 하지만 그 순간.

피직! 빠지직!
둘의 주위로 금이 가기 시작하더니 순식간에 얼음이 깨졌다.
풍덩!
둘은 차가운 빙호의 호수 밑으로 가라앉았다.
"꿀렁! 꿀렁!"
둘의 입에서 쉴 새 없이 공기 방울이 새어나왔다. 숨을 쉴 수가 없다.
쿠쿠쿠! 쿠쿠쿠!
하지만 둘의 싸움은 그칠 줄 몰랐다.
'물속… 물속에서라면 끝이 없다. 이때에 가장 현명한 방법은.'
무영은 재빨리 머리를 굴렸다. 자신이 그간 배워온 모든 무공을 총망라해 보았다. 그 순간 뇌리를 스치는 무공 한 가지가 있었다.
그것은 일랑과 있을 때의 기억이었다. 그 지옥 같은 나날.

"빙장이다. 사람을 순식간에 얼려 버리지. 단점이라면……."

일랑이 극음의 무공이라며 가르쳐 준 무공이었다.
무영의 눈가가 빛났다. 다행히 주위 환경도 좋다. 북해는 극도로 추운 지방이다. 더욱이 얼음장처럼 차가운 물.
'하지만 장법임에도 불구하고 근접 거리에서 출수해야 한다.'
무영은 입을 꽉 물었다.
'살을 내주고 뼈를 취한다.'
무영은 마음을 독하게 먹었다. 그 순간 일랑이 물살을 헤치고 무영을 향해 다가와 붕권을 날렸다.
투우웅!
무영의 몸이 숙여졌다.

"쿠루룩!"

벌어진 입으로 공기 방울과 함께 피가 뿜어져 나왔다. 하지만 지금 이 순간을 노렸다.

'지금이다.'

무영은 일랑의 몸에 손을 가져다 대며 빙장을 출수했다.

"……!"

일랑의 눈에 크게 치켜떠졌다. 갑자기 몸 안쪽에서부터 극음의 기운이 퍼졌다.

조금씩 몸이 굳어져 갔다. 내부로 침투했던 빙장의 기운이 바깥으로 뿜어져 나오며 순식간에 일랑의 몸이 얼음덩어리로 변했다.

'당한 건가?'

결국에는 무영에게 패배했다.

하지만 뭐랄까, 억울하지가 않았다. 도리어 마음이 편안했다.

그리고 얼마 지나지 않아 내부의 모든 기관이 정지했다.

무영은 가만히 온몸이 언 일랑의 모습을 바라보았다. 입가에 편안한 미소를 짓고 있었다.

'마무리!'

무영은 눈을 부릅뜨며 얼음덩어리로 변한 일랑의 몸에 손을 가져다 댔다.

투웅! 하는 소리와 함께 무영의 침투경이 일랑의 몸 내부를 울렸다.

빠직! 빠지직!

그리고 뒤이어 일랑에 몸에 금이 가기 시작했다.

일랑은 몸이 조각나는 감각을 느낄 수 있었다. 아직 정신은 살아 있었기 때문이다.

'드디어 죽는군.'

체념 어린 생각과 동시에 그간 긴 세월을 살아오며 겪었던 수없이 많은 기억들이 뇌리를 스치고 지나갔다.

'그렇군. 이게 바로 주마등이라는 것이로군.'

문득 입가에 미소가 머금어졌다.

그것이 일랑의 마지막 생각이었다.

그리고 잠시 후.

그의 몸이 수백, 수천 조각으로 제각기 갈라졌다.

무영은 빙호의 바닥으로 가라앉는 일랑의 파편들을 바라보며 눈을 지그시 감았다.

'드디어 끝이다.'

악연의 끝.

문득 눈앞이 어두워졌다.

"…아!"

무언가 희미한 소리가 들린다.

"…영아!"

조금씩 소리가 또렷해져 간다. 무영은 눈을 뜨려 했다. 하지만 몸이 천근만근 무겁기만 하다.

귀찮다.

이대로 쉬고 싶다.

무영은 정신을 놓으려 하는 순간이었다.

"무영!"

고막이 터질 듯 들려오는 괴성에 무영의 눈이 부릅떠졌다.

"영아. 영아!"

소령이 무영을 내려다보며 미소를 짓고 있었다.

"깨어났어… 흑."

얼마나 울었는지 눈이 퉁퉁 부운 소령을 보며 무영은 희미한 미소를 지었다.

"울었냐, 너?"

"그래, 울었다 왜!"

소령은 서러움이 복받쳤는지 빽 소리를 질렀다

그런 모습에 무영은 피식 웃었다.

"끝났지?"

"응, 다 끝났어."

소령은 고개를 끄덕였다. 무영은 소령을 바라보다가 주위를 살폈다. 호수는 완전히 초토화되어 처음의 모습을 상상하기 힘들 정도였다. 여기저기 쓰러져 있는 강시들이 보였다.

일랑 측이나 무영 측 모두 전멸이었다.

"그건 그렇고……."

무영은 다급하게 소령의 양 어깨를 부여잡으며 물었다.

"현아는? 현아는 어딨니?"

무현의 행방을 묻는 무영의 말에 소령의 얼굴이 흙빛으로 변했다.

무영은 석실 안을 들여다보고 있었다. 하지만 아무도 없었다. 고개를 돌려보니 박살이 나 엎어진 거대한 석문이 보였다.

저벅! 저벅!

무영은 천천히 걸음을 옮겨 석문을 들여다보았다. 손바닥 자국이 또렷히 찍혀 있었다.

무영은 그 자국에 자신의 손바닥을 가져다 대브았다.

딱 맞다.

무현이 틀림없었다.

"현아……."

석실 바닥에 끊어져 떨어져 있는 쇠사슬. 분명 일랑에게 몸의 제약을 빼앗긴 것이 분명했다.

어떻게 풀었으며, 탈출했는지는 모른다. 하지만 한 가지 확실한 것이 있었다.

무현이 다시금 사라졌다는 것이다.

'또 사라졌군.'

이번에는 정말 기대를 했었건만, 역시 마음먹은 대로 되지는 않는 모양이었다.

그 모습을 바라보던 소령이 조심스럽게 말문을 열었다.

"영아……."

"응?"

"아무래도… 황산 나들이는 미뤄야겠지?"

무영은 부드러운 미소를 지었다.

"현이한테 형이란 소리를 듣기 전까지는."

소령의 얼굴에 아쉬워하는 표정이 묻어나왔다.

하지만 어쩌겠는가. 소령은 무영의 어깨를 얼굴을 기대며 물었다.

"이제는 어쩔 거야?"

"찾아야지."

무영은 미소를 지으며 석실을 나섰다.

終

현 무림을 대표하는 살수 집단인 천살문의 문주 유이건은 경악스러운 표정으로 눈앞에 서 있는 두 아이를 바라보았다.

"기천문의 문주를 노리고 있음을 알고 있었어."

그중 사내아이가 유이건의 앞에 목갑을 밀어주며 말문을 열었다.

"아아……."

유이건은 넋이 나간 표정으로 고개를 끄덕였다.

꿈인지 생시인지 모를 정도였다.

기천문의 문주.

현 천하제일의 살수 집단인 천살문이 예전부터 노려왔던 거물이었다.

이제, 삼왕.

무림을 대표하는 초고수를 이르는 말이었다.

이제인 명교의 도제와 남궁세가의 검제 바로 밑을 차지하고 있는 삼인의 절대자.

그중에는 기천문의 문주도 껴 있었다.

그간 수없이 많은 살수들이 그를 죽이려 했음에도 한 번도 성공한 적이 없었다. 그것은 천살문 역시 마찬가지였다. 그런데 지금, 기천문주 수급이 자신의 눈앞에 있었다.

사내아이는 가볍게 한숨을 내쉬며 넋을 잃은 유이건을 바라보았다.

"계약 조건은 간단하다."

"……."

"사람 하나만 찾아주면 돼. 보수는 그것으로 받겠다."

사내아이, 무영은 옆에 서 있던 소령을 데리고 대전을 나섰다.

그때까지도 유이건은 정신을 차리지 못했다.

『무영검전』 5권 終

안녕하세요.
드디어 무영검전이 끝이 났습니다.
몇 번이고 겪었지만 하나의 글을 끝낼 때마다 뿌듯한 마음이 드는군요. 제 나름대로의 성취감이라고나 할까요? 그런 것도 있고요.
그러니까, 처음 이 글을 구상한 것은 군대에 있을 때였습니다.
그러니까 한 삼 년 정도 되었군요.
군대를 제대하고 작년 2월에 청어람이랑 계약을 맺은 뒤 올해 2월부터 책이 나오기 시작했으니, 참으로 많은 세월을 무영검전과 같이했군요.
일단 제 기분은 시원섭섭하답니다.
하나의 글을 끝냈다는 만족감과 함께, 저의 모자란 실력을 원망하기도 했지요.
일단 모든 판단은 독자님들께 맡기겠습니다.
하하하! 뭔가 할 말이 많은데 막상 쓰려니 생각이 나질 않는군요.
그래도 일단 격식은 차려야 하니, 고마운 분들부터 소개해 드리지요.
일단 청어람 출판사의 사장님과 직원 여러분들, 감사드립니다.

그리고 사무실에서 같이 글을 쓰고 있는 송진용 형님, 초우 형, 신호 형, 일묘 형, 운영 형, 성수 형, 광수 형, 돈형이 형, 명운 형, 백준 형.

모자란 저에게 많은 조언해 주셔서 감사드리고요. 맛있는 것도 많이 사주셔서 정말이지 행복하답니다.

그리고 가위 형, 무잠 형, 찬규, 촌부, 탁근이, 오광이, 영규 모두 땡큐.

자, 이제 모두 끝입니다. 모두들 안녕히 계십시오.

무한 상상 · 공상 세계, 청어람 신무협 & 판타지

『무정지로(無正之路)』의 화끈함을 계승한다!
작가 참마도의 두번째 작품!!

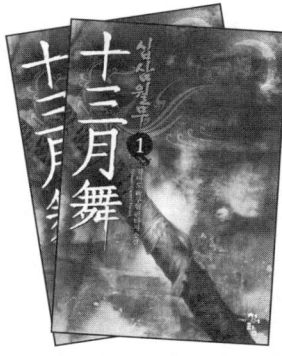

거칠고, 사납게
휘몰아친다!

『십삼월무』
(十三月舞)

십삼월무(十三月舞) / 참마도 지음

"난 살기 위해 싸울 뿐이오. 내 일을 하기 위해 싸울 뿐이고.
그리고 내… 마음속에 있는 사람들을 위해 싸울 뿐이오."

어둡고 무거운 저녁 안개 속을 뚫고서
살아 번뜩이는 야성의 눈동자!
피로 물든 천지 속에서 터져 나온
광포한 포효가 검진강호를 뒤흔든다!

유행이 아닌 자유추구 -

FANTASTIC ORIENTAL HEROES

무한 상상·공상 세계, 청어람 신무협&판타지

『두령』,『사마쌍협』을 보았다면
꼭 섭렵해야 할 월인의 최신작!

2005년 무협계를 평정할 거대한 놈이 나타났다!

『천룡신무』
(天龍神舞)

천룡신무(天龍神舞) / 월인 지음

처음에는 운 좋게 병신춤만 추는 인간들을 만나 사지육신을 온전히 보존하고 있는 줄 알았다.
그리고 십 년 동안 이상한 춤만 가르쳐 주고 몽둥이 휘두르는 법은 물론, 주먹 쥐는 법 하나
가르쳐 주지 않은 사부를 원망하기도 했었다.

하지만 이젠 그딴 거 필요없다.
사부께서는 용무(龍舞)를 열심히 수련하면 네놈 몸뚱이 하나는 네 마음대로 움직일 수 있다고 하셨다.
그리고 그렇게 만들어주셨다.
사부께서는 한계를 뛰어넘고 초식을 무너뜨리는 춤을 가르쳐 주신 것이다.

중원의 무공 따위는 눈 아래로 내려다볼 수 있는 춤!
그래서 천룡신무(天龍神舞)이리라……

매력적인 작품 세계를 보여온 월인만의 매혹에 다시 한 번 유혹당한다!

유행이 아닌 자유추구 -
WWW.chungeoram.com

무한 상상 · 공상 세계, 청어람 신무협&판타지

『초일』,『건곤권』,『송백』!! 신무협 소설의 성공 신화!
작가 백준!! 그가 쓰는 새로운 강호!

청성무사(靑城武士) / 백준 지음

강호를 뒤덮은
마도의 피바람을 잠재워라!

『청성무사』
(靑城武士)

"우화등선하거라… 나의 마지막 소원이다."
사부의 소원이 무섭다.
떠나버린 사매가 야속하다.
하지만 소초산은 개의치 않는다.

망해버린 청성의 마지막 장문인 소초산!
그러나 망한 문파에서도 천하제일인은 나온다!

청어람 판타지의 재도약!!

혁신과 참신함으로 무장한 새로운 판타지 전문 브랜드의 탄생!

「알바트로스」
Albatros

판타지계의 커다란 근간을 이뤄온 청어람 판타지 소설!
새로운 브랜드 「알바트로스」라는 커다란 날개를 달고
거대한 웅비를 시작합니다.

알바트로스는 판타지의, 판타지를 위한 개척자이자 도전자로 존재하겠습니다.
알바트로스는 형식적이고 나태해진 판타지계의 구습을 벗어나겠습니다.
알바트로스는 판타지계의 도약을 위한 든든한 날개 역할을 묵묵히 수행합니다.
알바트로스는 변화와 혁신을 통해 새롭게 태어날 환상 공간입니다.
알바트로스는 판타지를 아끼고 사랑하는 이들을 향한 청어람의 굳은 약속입니다.

- 유행이 아닌 자유추구 -
WWW.chungeoram.com